ivres pour se faire du bien **!!!**

Points célèbre ses 40 ans cette année !

À l'occasion de cet anniversaire, nous proposons à nos lecteurs quatre guides de lecture inédits et originaux, pour partager nos coups de cœur à travers une sélection d'ouvrages de référence, de découvertes littéraires, d'auteurs d'exception. Chaque guide vous emmènera dans son univers propre : celui des essais – d'histoire, de philosophie, de sciences, de spiritualité – (*Pensez, lisez : 40 livres pour rester intelligent*), celui des lectures bienfaisantes (*Bon pour le moral : 40 livres pour se faire du bien*), celui du roman policier (*Guide du polar : 40 livres pour se faire peur*), celui des lectures « glamour » *(The Guide : 40 livres de chevet des stars)*,…

Organisés en grandes thématiques, agrémentés de repères biographiques et bibliographiques, ces guides ont été imaginés dans un esprit d'ouverture, de plaisir et de curiosité. Interviews d'auteurs, regards croisés sur les œuvres, textes inédits d'écrivains, portraits de héros romanesques accompagneront votre promenade au rythme de l'inspiration et vous donneront envie, nous l'espérons, de découvrir de nouveaux chemins de lecture.

Quel est le point commun entre Madonna, des carottes, Néfertiti dans un champ de coton et Gurb (dont on est toujours sans nouvelles) ? Entre les mots d'un Chiflet et un Siffleur mis en mots par un Chalumeau ? Aucune idée ?
Et si l'on ajoute à la liste Woody Allen, Pierre Desproges, Benoît Poelvoorde, le professeur Rollin ou Stéphane Guillon ?
La réponse devient simple : le rire, le décalage sous toutes ses formes, dans tous ses registres – de l'ironie cinglante à l'humour potache, du jeu de mots léché au délire verbal –, pour mieux prendre du recul, observer le monde et le tourner en dérision. Bons pour le moral, les 12 titres qui suivent le sont indéniablement !
Et comme le rappelait Pierre Desproges, qui ouvre ce guide : « Elle est immense, la prétention de faire rire. Un film, un livre, une pièce, un dessin qui cherchent à donner de la joie (à vendre de la joie, faut pas déconner), ça se prépare, ça se découpe, ça se polit. » Les auteurs qui suivent ont bien retenu la leçon.

« Étonnant, non ? »

Pierre Desproges
Le doute m'habite
Textes choisis et interprétés
par **Christian Gonon,**
sociétaire de la Comédie-Française

« *Il faut rire de tout. C'est extrêmement important. C'est la seule humaine façon de friser la lucidité sans tomber dedans.* »

20 ans après sa mort, survenue le 14 avril 1988, Pierre Desproges est joué à la Comédie-Française. Christian Gonon met en scène un choix des meilleurs textes de l'humoriste cinglant. Un texte au seuil de la mort, « plus cancéreux que moi, Tumeur », misanthropique et sensible, ironique et tendre, tissé des paradoxes propres à son auteur et tout entier sous le signe de Mel Brooks, Monsieur Hulot ou Woody Allen :

« Je vais mourir ces jours-ci. [...] Pourquoi, pourquoi, pourquoi ? Qui sommes-nous ? Où allons-nous ? D'où venons-nous ? Quand est-ce qu'on mange ? Seul Woody Allen, qui cache pudiquement sous des dehors comiques un réel tempérament de rigolo, a su répondre à ces angoissantes questions de la condition humaine ; et sa réponse est négative : "Non seulement Dieu n'existe pas, mais essayez d'avoir un plombier pendant le week-end !"
J'en vois d'ici qui sourient. C'est qu'ils ne savent pas reconnaître l'authentique désespérance qui se cache sous les pirouettes verbales. Vous connaissez de vraies bonnes raisons de rire, vous ? Vous ne voyez donc pas ce qui se passe autour de vous ? Si encore la plus petite lueur d'espoir nous était offerte ! »

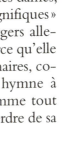

On y croise des chauffeurs de taxi et des vieilles dames, des comédiennes pulpeuses aux «nichons magnifiques» et des footballeurs, l'ami Jean-Louis, des bergers allemands et une femme tombée en désamour parce qu'elle mettait de l'eau dans son vin… Haines ordinaires, colères salvatrices, envolées et emballements, hymne à l'«artisanat du rire», un texte nécessaire, comme tout Desproges, devenu enfin classique sans rien perdre de sa causticité, et enfin sur la scène du Français.

Vrai-faux Quizz Desprogien

«À y bien réfléchir, on peut diviser l'humanité en quatre grandes catégories qu'on a plus ou moins le temps d'aimer. Les amis. Les copains. Les relations. Les gens qu'on ne connaît pas.» Pierre Desproges

En combien de catégories pourrait-on diviser les lecteurs de Pierre Desproges? Si tant est que cela ne soit pas superflu. Petit quizz nécessaire et ludique afin de déterminer si vous êtes plutôt sujet à la haine ordinaire, si vous êtes un rustre ou un malpoli (ou les deux à la fois), ou si vous faites partie de l'élite et des bien nantis.

Saurez-vous traduire ces citations à la façon de Desproges?

1 – *In Vino veritas.* A – Ils sont bavards à la gare de l'Est.

2 – *Alea Jacta Est.* B – Un petit rouge bien tassé.

3 – *Vis Comica.* C – À Montparnasse aussi.

4 – *Alea Jacta Ouest.* D – Il faut enfermer les comiques.

Êtes-vous plutôt enclin à penser que:

1– Le rire n'est jamais gratuit: l'homme donne à pleurer mais il prête à rire.

2– L'intelligence, c'est le seul outil qui permet à l'homme de mesurer l'étendue de son malheur.

3– L'ennemi est bête: il croit que c'est nous l'ennemi alors que c'est lui!

4– On peut très bien vivre sans la moindre espèce de culture.

Selon vous:

- Marcher dans la mode porte malheur.

- Les Rois mages étaient trois. Il y avait César, Marius. Et pis Fanny.

- Les imbéciles n'ont jamais de cancer. C'est scientifique.

- La vie est dure. Les temps sont mous.

(Réponses: 1-B; 2-A; 3-D; 4-C)

Pour en savoir plus :

Philosophe, potache, moraliste, séducteur, ami des bêtes et des femmes, procureur, cuisinier, journaliste, écriveur, trublion... **Pierre Desproges** (1939-1988) aimait profondément deux choses dans la vie: l'écriture et la famille. Célèbre pour son humour grinçant et sa remarquable aisance littéraire, il est notamment l'auteur des *Chroniques de la haine ordinaire* (2 tomes), ou des *Réquisitoires du Tribunal des flagrants délires* (2 tomes). Toute son œuvre est disponible en Points.

Rire sans perdre *Allen*

Woody Allen,
Pour en finir une bonne fois pour toutes avec la culture

« *Une fois encore, j'ai tenté de me suicider – cette fois en mouillant mon nez et en l'enfonçant dans une douille électrique. Malheureusement, il y eut un court-circuit et je ne réussis qu'à détraquer le réfrigérateur. Toujours obsédé par l'idée de la mort, je médite constamment. Je ne cesse de me demander s'il existe une vie ultérieure, et s'il y en a une, peut-on m'y faire la monnaie de vingt dollars ?* »

Comment parler de Woody Allen en quelques lignes ? Et quel Woody Allen ? Le réalisateur prolifique et génial ? Le clarinettiste de jazz ? L'écrivain ? En manière de portrait chinois, un alphabet de citations autour des lettres qui forment son nom.

« *When I was kidnapped, my parents snapped into action. They rented out my room.* » (Quand j'ai été kidnappé, mes parents ont réagi tout de suite. Ils ont loué ma chambre.)

« On peut s'accommoder du néant éternel, pour peu qu'on ait le costume adéquat. »
« Celui qui ne périra ni par le fer ni par la famine, périra par la peste, alOrs à quoi bon se raser ? »

« Du côté positif, mourir est une des rares choses que l'on puisse faire aussi bien couché que debout. »
« Pour je ne sais quelle raison, les gens en France m'aiment plus qu'en Amérique. Les sous-titres doivent Y être excellents. » (Interview)

« Ai décidé de rompre mes fiançailles avec M... Elle ne comprend rien à ce que j'écris, et m'a déclaré hier soir que ma Critique de la réalité métaphysique lui rappelait la Tour infernale. Nous nous sommes disputés, et elle a remis sur le tapis la question des enfants, mais j'ai réussi à la convaincre qu'ils seraient trop jeunes quand nous en aurions. »

« Le lion et l'agneau partageront la même couche, mais l'agneau ne dormira pas beaucoup. »

« L'univers n'est jamais qu'une idée fugitive dans l'esprit de Dieu – pensée joliment inquiétante, pour peu que vous veniez d'acheter une maison à crédit. »

« Emily Dickinson se trompait complètement ! L'espérance n'est pas du tout « cette chose emplumée ». Il se trouve que cette chose emplumée est mon neveu. Je vais l'emmener chez un spécialiste à Zurich. »

« Non seulement Dieu n'existe pas, mais essayez d'avoir un plombier pendant le week-end ! »

Sauf mention contraire, toutes les citations qui précèdent sont extraites de *Dieu, Shakespeare et moi* et *Pour en finir une bonne fois pour toutes avec la culture*.

Pour en savoir plus :

Né en 1935 à Brooklyn, **Woody Allen** est comédien, réalisateur, scénariste et musicien. Il a également écrit des pièces de théâtre et plusieurs recueils de textes dont *Dieu, Shakespeare et moi* (Points), *L'erreur est humaine* (J'ai lu) ou *Destins tordus* (Pavillons poche).

François Rollin fait l'épître

François Rollin,
*Les Belles Lettres
du professeur Rollin*

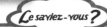

François Rollin est sorti diplômé d'une grande école de commerce, l'ESSEC. Mais il a finalement préféré se faire un nom dans le commerce du rire. La série Palace le révèle au grand public. C'est là qu'il commence à mettre en scène son personnage du professeur Rollin, avec lequel il se produira sur scène, à la télévision ou chez Points. Un professeur... toujours de bon conseil :

« *De nombreux jeunes aimeraient devenir un grand professeur respecté. Ils le peuvent, à trois conditions :*
– grandir
– devenir professeur
– inspirer le respect.
Ceux qui n'auront pas rempli l'une quelconque de ces trois conditions se contenteront de devenir grand professeur, professeur respecté, ou grand respecté. On dira alors qu'ils « n'ont pas réalisé leur rêve », qu'ils ont « raté leur vie », qu'ils « ne méritent que l'opprobre et le dédain ».
Trois, c'est trois.
Ce n'est pas deux.
Je me tue à le répéter.
En vain, manifestement. »

François Rollin a participé aux « Guignols de l'Info » sur Canal + (on lui doit, entre autres, la fameuse « boîte à coucous » de Johnny !). Il a formé un duo cultissime avec Edouard Baer dans *Le Grand Mezze*, au théâtre. *Les Belles Lettres du professeur Rollin* ont reçu le prix Raymond-Devos de la langue française.

Lorsque le professeur Rollin se pique de pédagogie et inscrit son nom au panthéon des «belles lettres», c'est pour mieux offrir «aux nécessiteux de la plume» 59 épitres «clés en main, 59 modèles pratiques, efficaces, de qualité professionnelle, et richement annotés». Écrire au pape, au roi d'Espagne pour lui demander sa recette du gaspacho, à un employeur pour décrocher un job de rêve (pas fatigant, très bien rémunéré), rien n'est impossible à qui suit les conseils de ce drôle de professeur. C'est même la **panacée★**!

★ Donnons à ce mot la définition qui est la sienne dans *Les Grands Mots du professeur Rollin*: «Une **panacée**, c'est un remède prétendument universel contre tous les maux, capable de résoudre tous les problèmes. C'est un peu long, et c'est pour ça qu'on a créé le mot [...] Utilisons donc le mot panacée, car actuellement nous ne l'utilisons pas assez. Pas assez, panacée: c'était le petit moment de détente de cette rubrique.»

« Cher Professeur,

Au risque de paraître abrupte, sachez tout d'abord que je recommande chaudement la lecture de votre ouvrage, «Les Belles Lettres du professeur Rollin», parce qu'il s'agit d'un des rares opuscules qu'il m'ait été donné de lire avec autant d'appétit, parce qu'il était proche de midi et que le petit déjeuner était déjà loin. Ce jour-là, je m'étais levée tôt et que je n'avais, en tout et pour tout, bu qu'une tasse de café et un jus d'orange, n'ayant pas pris le temps de me faire une tartine, absorbée que je fus par votre livre. Il faut dire que son titre déjà, sa cou-

verture intrigante, bigarrée même oserais-je dire, étaient autant de promesses d'une nourriture spirituelle et épistolaire.

Néanmoins, en prenant le parti de demander dès les premières pages pourquoi votre « ouvrage compte 59 lettres, et non 58, ou 60 », convenez que le lecteur puisse être interpellé par votre démarche. Alors, je vous entends d'ici rétorquer qu'il s'agit d'un effet savamment et doctement choisi, de la part d'un éminent et prosélyte amoureux des lettres et des mots tel que vous. Mais bon. Il n'en demeure pas moins que c'est un peu fort de café. Qui pourtant, je vous le redis, était déjà loin.

Grâce à vos Belles Lettres, j'avoue avoir parfait ma connaissance lacunaire de certains vocables, expressions ou locutions. Je gage de plus que la teneur pédagogique dudit ouvrage, en ce qu'il nous apporte moult précisions et définitions bien senties sur des termes aussi divers et indispensables que « pers, gougnaffier, hongre, émétique, allogène ou La Ferté-Bernard », trônera en bonne place dans ma bibliothèque. Pas trop loin de moi cependant, devant à l'occasion écrire à des personnes diverses sans avoir comme vous l'inspiration prolifique propre à rédiger en un tournemain une « Lettre au roi d'Espagne pour lui demander des bons plans touristiques et des tuyaux pour la confection du gaspacho » ou une « Lettre à une femme avec laquelle on a passé une nuit et c'était chouette mais c'était un peu n'importe quoi mais c'était chouette ». Ce qui me désoblige, croyez-le bien.

Vos lettres, pleines de cachet, de noblesse et d'humour, sont soulignées et heureusement agrémentées de notes de bas de page subtiles et didactiques qui m'ont depuis définitivement fait troquer mon dictionnaire régulier contre votre ouvrage. Sans flagornerie aucune, je me dois de vous dire que je ne jure désormais que par vos modèles indispensables qui m'ont per-

mis depuis d'écrire tour à tour « à un ennemi juré pour lui pardonner ou pas et à un gardien d'immeuble que j'aurais (un peu imprudemment) traité de « vieux phacochère répugnant ».

Je reste votre obligée, cher Professeur,

Bien à vous,
Kiss. »

Une lectrice désormais lettrée

Leçon sur le bonheur,
par le Professeur Rollin

François Rollin a écrit le texte qui suit tout spécialement pour ce guide. Il y est question de bonheur et de marmelade, et, avouons-le, ça en bouche « un coing »…

« On confond souvent (ce « on » peut à juste titre sembler très flou ; on trouvera donc en annexe la liste exhaustive des « confuseurs » vivants)… On confond souvent « bonheur » et « marmelade ». Peut-être en raison de la sonorité très proche des deux vocables, peut-être aussi parce qu'ils refusent tous deux obstinément de rimer avec « hétérodoxe », mais plus vraisemblablement par simple distraction. La confusion n'en est pas moins grave, car « bonheur » et « marmelade » sont deux choses en réalité très distinctes, séparées par un fossé que l'on (voir en annexe) qualifie généralement d'abyssal.

Pour commencer, le mot marmelade vient du portugais *marmelada*, qui signifie « confiture de coings ». Pas trace de coing, en revanche, dans l'étymologie de « bonheur », si ce n'est dans la sibylline locution « un petit coing de bonheur », qui dissimule vraisemblablement une erreur dans un coin.

En second lieu, chacun constatera aisément que l'on ne peut remplacer impunément un mot par l'autre sans altérer lourdement le sens de la phrase. « J'ai vécu avec Ghislaine dix ans de bonheur » n'a pas le même sens que « J'ai vécu avec Ghislaine dix ans de marmelade ». Inversement, la scène où « Roger étale soigneusement sa marmelade sur sa tartine » n'est pas décemment comparable à la scène où « Roger étale soigneusement son bonheur sur sa tartine ». Et on peut trouver d'autres exemples, en cherchant bien.

Enfin, s'il est vrai qu'une bonne marmelade peut nous apporter un peu de bonheur, la réciproque ne tient pas la route : un bon bonheur ne saurait nous apporter un peu de marmelade... ou alors il faudra m'expliquer comment, où, et pourquoi.

Ces éclaircissements étant apportés, concentrons-nous sur le concept de bonheur.

À chaque fois qu'on me parle de bonheur, je ne peux m'empêcher d'évoquer cette merveilleuse parabole tibétaine, qui raconte comment un tout jeune homme parvient enfin, au terme d'un incroyable et hasardeux périple, à entrer en contact avec un Gourou à la renommée planétaire, auprès duquel le monde entier se presse en quête des quelques mots qui feront surgir la lumière. « Dis-moi, grand Sage », demande bravement le jeune homme lorsqu'il se trouve face au vieil ermite, imposant de sérénité et de douceur à la fois, « de grâce, dis-moi, quel est donc le secret du bonheur ? ».

Et là, le Gourou, d'une voix profonde et solennelle, lui répond quelque chose d'extraordinairement édifiant, sublime d'intelligence autant que de concision... mais honnêtement, je ne me rappelle plus quoi. C'est une parole très forte, pleine d'amour et d'infinie sagesse, qui va faire basculer la vie du jeune homme, et qui infléchirait à coup sûr le destin de n'importe lequel d'entre nous... mais là, tout de suite, ça ne revient pas.

Quoi qu'il en soit, il semble établi que le bonheur se vit et s'évalue à l'instant T, et non pas à l'instant T - n ni T + n. Cet encadrement est attesté par un système cohérent « Gide, Proust, Fontenelle ».

Dans *L'Immoraliste*, André Gide affirme que « Rien n'empêche le bonheur comme le souvenir du bonheur » ; nous sommes à T - n.

Dans *Du côté de chez Swann*, Marcel Proust écrit que « On ne connaît pas son bonheur. On n'est jamais aussi malheureux qu'on croit » ; on est en plein dans T.

Dans *Du bonheur*, Bernard Fontenelle, qui a pour lui d'avoir vécu centenaire, prévient que « Le grand obstacle au bonheur, c'est de s'attendre à un trop grand bonheur ». C'est le piège de T + n.

En additionnant terme à terme les trois propositions, on déduira facilement que « Le bonheur, c'est pas hier, c'est pas demain, c'est maintenant que ça se joue ! ». La proposition résultante a l'inconvénient de n'avoir aucune qualité littéraire, mais elle est d'application pratique simple et immédiate.

Un aveu, pour finir, un aveu dont je souhaite qu'il rende autant de services au lecteur que m'en a personnellement rendu Paul Nizan en débutant *Aden Arabie* par ce splendide avertissement : « J'avais vingt ans. Je ne laisserai personne dire que c'est le plus bel âge de la vie. » L'aveu, maintenant : de l'âge de 14 à l'âge de 34 ans, j'ai soutenu mordicus que le bonheur était incompatible avec la lucidité. Aujourd'hui, j'ai allègrement franchi le cap du demi-siècle, je suis d'une exceptionnelle lucidité, y compris sur mon degré de lucidité, et cependant je nage dans le bonheur. Comme quoi cet épouvantable antagonisme n'existe pas.

Et à ceux qui verront dans mon aveu une insolente fanfaronnade, je répondrai, avec Albert Jacquard, que « Manifester son bonheur est un devoir ; être ouvertement heureux donne aux autres la preuve que le bonheur est possible ».

Je vous adresse tous mes vœux de bonheur, et un pot de 480 grammes de marmelade artisanale si besoin est.

François Rollin

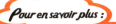

Pour en savoir plus :

François Rollin est également l'auteur chez Points des *Grands Mots du professeur Rollin* et a dirigé le livre *Desproges est vivant*, une anthologie précédée de 34 hommages de personnalités, de Guy Bedos à Alain Chabat, en passant par Jean-Louis Fournier, Florence Foresti, Stéphane Guillon...

Les mots buissonniers de Jean-Loup Chiflet

Jean-Loup Chiflet,
*99 mots et expressions
à foutre à la poubelle*

Jean-Loup Chiflet aime à se définir comme un « grammairien buissonnier ». Il allie le sens du mot juste à un goût irrésistible pour l'humour absurde et ses maîtres anglais. A ce propos, dans les milieux non autorisés et interlopes du franglais (pratiqué avec art par l'auteur sus-nommé), vous le retrouverez plutôt sous le nom de John-Wolf Whistle, grand manitou de la méthode Sky…

Le saviez-vous ?

La « méthode Sky » : Vous connaissiez Assimil. Découvrez *Sky my husband ! Ciel mon mari !*, la seule méthode de traduction littérale qui peut vous assurer de n'être compris par aucun Anglo-Saxon !

Ce dictionnaire de l'anglais courant (*Dictionary of the running English*) permet de traduire mot à mot les expressions courantes. Nul besoin de posséder un anglais parfait pour savourer ce guide. Ça se lit « *the fingers in the nose* » (les doigts dans le nez). Et avouez que ce type de dico, aussi drôle qu'inventif, ça ne court pas les rues (*it doesn't run the streets*) et que cela jette parfois un éclairage singulier sur nos habitudes culturelles. Ainsi, filer à l'anglaise se traduirait – méthode *Sky* – par « *To spin at the English* ». Les Anglais disent plutôt, en réalité : « *to take French leave* »… De quoi rire et réfléchir.

Jean-Loup Chiflet aime *« les mots qui* LE *font rire »*. Ce petit répertoire réjouissant des « cocasseries de la langue française » se présente sous la forme d'un inventaire à la Prévert : il y a les mots aux sonorités ludiques (zinzinules, coquecigrue), les termes à l'apparent sérieux, très vite démenti (pipit, idiosyncrasie), mots mal mariés, maltraités ou ceux qui ne se prononcent pas comme ils s'écrivent, ceux que l'on n'ose proférer en public, ou ceux qui rétrécissent à l'usage, les vocables qui googlètent, les expressions que les Anglais ou les Russes nous ont piquées ou que seuls les journalistes emploient, les mots coquins, les palindromes et épicènes… 138 catégories, 10 jeux (et leurs solutions) et quelques délicieux calligrammes pour revisiter et rhabiller le dictionnaire avec ce lexique plein d'humour et de saveur. Chaque titre est prétexte à un jeu oulipien avec les mots, piquant et spirituel. Jean-Loup Chiflet invente, joue, assemble et imbrique, décortique et fait de son savoir lexical le puissant instrument d'un voyage au long cours (terme qui pourrait entrer dans la catégorie des associations équivoques).

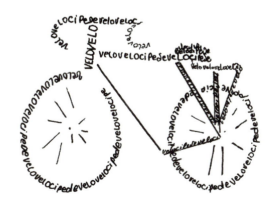

Notre « grammairien buissonnier » assemble mais il sait biffer, également. En témoigne son dernier livre à succès paru chez Points, *99 mots et expressions à foutre à la poubelle*, répertoire des expressions actuelles nées du jargon journalistico-scientifique, de l'urgence des communications par SMS ou e-mail… Des expressions aussi creuses qu'inutiles, mais hilarantes lorsque Jean-Loup Chiflet entreprend de les décortiquer. 99 sont débusquées et explicitées (« au jour d'aujourd'hui », « traçabilité », « booster », « optimiser », etc.), chaque article s'attardant sur les raisons qui nous poussent à adopter ces termes galvaudés, redondants ou hyperboliques. « Vous voyez ce que je veux dire » ? « Tout à fait. » Voilà qui est « énorme », j'aurais bien écrit « jubilatoire » si l'auteur n'avait fait un sort à cet adjectif dans ces pages. « Je te raconte pas » ! D'accord, mais lis…

Pour en savoir plus :

Jean-Loup Chiflet est écrivain et éditeur. Il est l'auteur d'une quarantaine d'ouvrages, dont *Porc ou cochon ? Faux semblants* chez Chiflet & cie (la maison d'édition qu'il dirige) et chez Points de *Sky my husband, Ciel mon mari, the intégrale !*, *Les Mots qui me font rire*, et d'un roman inspiré de son enfance *Un si gentil petit garçon*.

Manatane transfuge

**Benoît Poelvoorde
et Pascal Lebrun,**
Monsieur Manatane

« À l'occasion, l'homme moderne doit pouvoir se départir de son sérieux pour laisser parler sa fantaisie. Car l'humour est la cerise sur le gâteau de l'esprit. »

Inédits en librairie mais «vus à la télévision», voici les morceaux d'anthologie des *Carnets de monsieur Manatane* et *Jamais au grand jamais!* diffusés sur Canal + entre 1996 et 1998. De petits bijoux d'humour noir et de causticité!

« Un an plus tôt et c'est Manatane qui l'avait ! »
J.M.G. Le C.

« J'ai balancé tous mes bouquins au feu. »
Bernard-Henri L.

« Un choc inoubliable. »
Barack O.

Monsieur Manatane est un caméléon. Tour à tour reporter, milliardaire, chirurgien esthétique, écrivain, il se prénomme successivement Siméon, Daniel, Jean-François, Léon… Il est partout, croise le show et le bizz, se fond dans le grand cirque médiatique… Lui-même est une «vedette» et toise le monde de son regard hautement sarcastique. Monsieur Manatane déclare être

« comme vous : un défenseur des vraies valeurs ». Il feint de s'étonner, pourfend l'actualité (on se souvient de son dur combat pour défendre le port du casque viking dans les écoles). Amoureux du politiquement correct, fuyez ce livre. Manatane choque car il reproduit ce que nous avons de pire. Il nous fait rire en nous citant. C'est consternant. Mais c'est drôle !

Constituant l'autre partie du livre, les *Jamais, au grand jamais !* sont un manuel de savoir-vivre, en 26 leçons. « Navrant », dirait Nadine de R. (citée sans le savoir en couverture du livre). On y apprend à comprendre la jeunesse, élever nos enfants, piloter une auto ou recevoir un homme d'Église, aimer l'art – même oriental –, parler aux jeunes, se faire des amis, recevoir du courrier ou séduire…

Un sonore « Mes enfants, bonsoir… » ouvre chaque leçon. Suivent des conseils frappés au coin du bon sens le plus graveleux, des pastiches de manuels de bienséance, et surtout ce qu'il ne faut « jamais – au grand jamais ! » faire… Comment ne jamais se départir de sa dignité, même lorsqu'un prêtre vous dévoile, bien involontairement, son « vigoureux appareil reproducteur, rosâtre et hors d'usage » ou que vous faites un plat à la piscine ? Tout y passe, c'est noir, drôle et violemment incorrect – irrésistible.

Extrait : « À la piscine »

« Mes enfants, bonsoir…

La vie de l'homme moderne est un combat permanent où il convient de garder la tête froide. Vous savez qu'il est profitable, à l'occasion, de s'accorder quelques instants de repos et, à cet effet, la balnéothérapie reste un excellent moyen d'effacer les agressions de la vie quotidienne. Vous vous êtes donc accordé quelques jours rilax à Aix-les-Bains.

Comme chaque année, vous inaugurez votre séjour par un petit détour à la piscine. En cette saison, ses abords regorgent de corps jeunes et sains qui s'offrent au soleil et dont les formes pimpantes raniment en vous le chasseur qui sommeille. Histoire de ne pas passer inaperçu, vous décidez donc de faire votre entrée sur scène par un terrible saut de la mort du haut du grand tremplin. Bref, t'es remonté comme un mulet et tu vas leur en mettre plein la vue, aux gamines.

C'est bien légitime.

Arrivé à l'extrémité du tremplin, vous vous rendez compte que vous aviez quelque peu surestimé vos forces, et vous prenez conscience de la hauteur vertigineuse de l'engin. Mais vous réalisez que tout le monde vous regarde et qu'un magnifique athlète trépigne d'impatience dans votre dos. Contraint et forcé, vous vous élancez donc dans le vide et, après quelques mètres d'une vrille très impressionnante, vous terminez votre inélégant voyage par un fort douloureux plat sur le ventre.

N'en faisons pas un opéra : la situation est embarrassante ; ni plus ni moins.

Alors, que faire ?

Il ne faut jamais – au grand jamais ! – vous joindre à l'hilarité générale et consentir à vous moquer de vous-même. Un homme de votre envergure ne saurait s'y résoudre et vos chances de faire belle figure s'estomperaient définitivement.

Non. Il faut, en imitant la parfaite immobilité d'une souche de bois mort, faire paniquer tout le monde en restant étendu à la surface de l'eau.

Il y a fort à parier que les filles rivalisent d'ardeur pour venir vous repêcher. C'est bien le diable si, au cours des frictions et des bouche-à-bouche qu'elles vous prodigueront tour à tour, vous n'arriviez pas à glisser une main par-ci, une langue par-là.

En vous remerciant. Bonsoir. »

Pour en savoir plus :

Benoît Poelvoorde est né en Belgique. Artiste interprète pour le cinéma, il a notamment joué dans *C'est arrivé près de chez vous*, le film qui l'a révélé, *Les Randonneurs*, *Entre ses mains*, *Coco avant Chanel*... Il n'est l'auteur d'aucun autre livre chez Points et c'est bien dommage. Amoureux de littérature, il vous recommanderait sûrement chez Points la lecture de James Salter (*Un bonheur parfait*) ou Cynthia Ozick.

Pascal Lebrun est peintre et graphiste. Après avoir réalisé les affiches de *C'est arrivé près de chez vous*, il a été le compagnon d'écriture de Benoît Poelvoorde pour Monsieur Manatane. Il a également illustré le livre de Jean-Loup Chiflet, *99 mots et expressions à foutre à la poubelle*, disponible en Points.

Lis, c'est du belge !

Philippe Genion,
Comment parler le belge

« *BROTCHER : verbe wallon intraduisible en français. Si vous prenez un gros morceau de beurre mou dans la main, et que vous fermez le poing, le beurre passe entre les doigts : ça brotche. Idem entre les doigts de pieds si vous écrasez une grosse flatte de vache à pieds nus. Ou comme quand les candidats de Koh Lanta mâchent une grosse chenille blanche et qu'une partie brotche de leurs lèvres.* »

La Belgique est un « creuset » de cultures et de langues, dont trois officielles – parmi lesquelles le français. Croit-on. En effet, ce français est mâtiné de dialectes, d'expressions propres à la Belgique, de flamand. Philippe Genion nous propose un *thesaurus belgissimus* à la fois informé et drôle, un dictionnaire coloré et « gai », pour parler le belge « a s'naise » (en toute décontraction), sans « ruses » (difficultés). Si l'on vous traite de « bauyard », vous saurez que c'est bien une insulte, mais que les « betches » sont des bisous, que le « babelutte » n'est pas un terme grossier mais un caramel et qu'un « pistolet » n'a rien de menaçant puisque c'est un petit pain rond… Pour la « rawette » (en avoir plus), consultez le dico.

Le Quizz du goût des Belges

Et on évite de répondre « à pouf » (au hasard) !

1- Qu'appelle-t-on la *chaudfontaine* à Bruxelles ?
a) Une maladie vénérienne.
b) Une eau minérale.
c) Un centre de thalassothérapie.

2- Qu'est-ce qu'un *clignoteur* à Anvers ?
a) Un bouton d'acné mal placé.
b) Un clignotant pour tourner.
c) Un dragueur invétéré.

3- Qu'est-ce qu'une *andalouse* à Charleroi ?
a) Une femme de mœurs légères.
b) Une amende sur un pare-brise.
c) Une sauce épicée qui s'accorde bien avec les frites.

4- Quel est le principal défaut d'un *narreux* à Namur ?
a) Il ment à tout bout de champ, un rien lui fait dire n'importe quoi.
b) Il fait sa chochotte, un rien le dégoûte.
c) Il est trop bon public, un rien l'amuse.

Vous avez le droit d'ajouter : « Je peux pas le sucer de mon pouce » (comment veux-tu que je le sache ? Réponse : en lisant *Comment parler le belge* !)

(Réponses : 1b – 2b – 3c – 4a – 5b)

Pour en savoir plus :

Né en 1962 à Gosselies, en Belgique, **Philippe Genion** est un homme orchestre : animateur de radios libres, journaliste rock, musicien, critique gastronomique… *Comment parler le belge* est son premier livre publié.

Drôle ET méchant

Stéphane Guillon,
Stéphane Guillon aggrave son cas
pourtant *Jusque-là… tout allait bien!*

Stéphane Guillon est un maître dans l'art du portrait au vitriol, puissamment corrosif, subtilement décalé ou même plus prosaïquement mais précisément «pieds dans le plat». Il les a brossés pendant plusieurs saisons sur Canal + dans l'émission «20 h 10 pétantes». On retrouve dans ses livres les fausses biographies enrobées d'acide offertes à ses «victimes», mais aussi des papiers censurés, ou des commentaires *a posteriori* sur les réactions à chaud des invités qui furent la cible de sa verve.

La revue ne fait pas dans le détail. Il y a «les mauvais coucheurs», «les protégés», «les monstres sacrés», «les anciennes gloires», «les nazes», «les enfants de star», «les originaux», «les humoristes», «les personnages», «les divers et variés». Romain Gary, cité en exergue, se fait prophète et prévenant: «Rien ne vous isole plus que de tendre la main fraternelle de l'humour à ceux qui, à cet égard, sont plus manchots que les pingouins.» Plus qu'une citation, une profession de foi.

Le chroniqueur refuse toute compromission: «Il y a chez l'humoriste un côté sale gosse très prononcé: dites-lui de ne pas faire quelque chose, il s'y précipitera avec délectation.» À la lecture de tel ou tel portrait, on comprend les colères homériques ou sourdes des uns et des autres, les rictus, les visages crispés à l'antenne, de même que l'on se délecte de la langue de vipère du chroniqueur, qui soulève les voiles, refuse les faux-semblants, et attaque une «bio en forme de bêtisier ». À l'image de l'ensemble de cette « comédie humaine », élaborée portrait après portrait.

Guillon est drôle. Féroce. Guillon est *méchant*, au sens étymologique du terme : il fait chuter les idoles de leurs estrades. Et c'est terriblement jouissif. Il se moque de lui-même (« petite fouine fouille-merde », « Desproges de supérette, physique à la Droopy, œil en couille de loup »). Il dégonfle les baudruches du show-biz comme de la politique, ne respecte rien. Tant mieux !

Le Quizz Guillon

Reconnaissez les personnalités croquées en quelques lignes par Stéphane Guillon dans *Jusque-là... tout allait bien !*

« 1-... Votre premier groupe s'appelait Masturbation. Une musique de chambre très intimiste, on écoutait l'album planqué chez soi, sans aller au concert. Votre deuxième groupe s'appelait "!". Un son plus rock, après Masturbation, il fallait réveiller un public devenu sourd. Deux ans plus tard, naissance de Téléphone, les oreilles se dressent, plus personne ne décroche.

2- Votre vrai nom, c'est Bruno Nicolini, un nom à plastiquer des paillottes. Première trompette à 8 ans, enfance heureuse, puberté très difficile, une acné comme on n'en fait plus. Quand vous souffliez dans votre trompette, les boutons éclataient. Plus efficace qu'un patch !

3- Vous naissez à Brest, mais vous grandissez au Mans, vous êtes Manchotte... Comme Steevy, l'immense acteur. Il y a des familles, comme ça, c'est marrant ! Votre vrai nom c'est Béatrice Cabarrou. Moi, j'aime bien, ça fait un peu fromage de chèvre.

4-..., 1 m 80 pour 50 kg. Toute en jambes et rien en seins. [...] Très vite, la presse s'intéresse à vous et titre : "Le mannequin qui parle", un concept qui fera des petits. Aujourd'hui, nous avons Carla Bruni, le mannequin qui chante, douze chansons... Ce ne sont pas les mêmes, regardez les titres ! Le mannequin recyclé, Claudia Schiffer, employée chez Citroën pour les crash-test. Pour l'instant, elle s'en sort, mais la marque aux chevrons ne désespère pas de s'en débarrasser.

5-..., vous êtes la dernière d'une famille de sept enfants... La petite dernière, toujours un goût très sûr. À 6 ans, vous êtes fan de Clo-Clo, puis majorette à 7, première promotion, vous intégrez la troupe des Pax Majorettes. [...] À 8 ans, vous chantez du Michèle Torr dans les bassins houillers... qui ont fermé depuis, comme quoi, faut pas faire n'importe quoi ! »

(Réponses : 1- Jean-Louis Aubert, 2- Bénabar, 3- Béatrice Dalle 4- Inès de La Fressange, 5- Patricia Kaas.)

Pour en savoir plus :

Acteur et humoriste né en 1963, **Stéphane Guillon** a été chroniqueur et portraitiste aux côtés de Stéphane Bern dans « Le Fou du roi » et dans l'émission « 20 h 10 pétantes » sur Canal +. Son billet d'humeur matinal sur France Inter, d'une impertinence n'épargnant personne, a maintes fois suscité la polémique. On retrouve également sa plume acérée dans *On m'a demandé de vous calmer* (éditions Stock).

Remontons-nous les idées !

Olivier Marchon,
Les carottes sont jetées

La langue française aime les formules toutes faites, les dictons et proverbes gravés dans le marbre... Il n'est pourtant pas rare de se «prendre les pinceaux dans le tapis» et d'en créer de nouveaux, parfois surréalistes, en mélangeant deux, voire trois expressions. Ainsi, vous voulez raconter à un ami que vous en avez «bavé des ronds de chapeau», votre langue fourche, en voit des vertes et des pas mûres, vous trébuchez, et faites voler en éclats tout votre petit discours bien préparé, tel un Pierre Etaix qui s'ignore, «Ah, j'en ai vu des vertes et des ronds de chapeau»!

Plus tard... Vous vous préparez pour une fête, vous voilà «mis sur vos quatre épingles», surtout si votre tenue «coûte la peau de la tête». Et puis, avouez-le, vous avez meilleure mine, avant de vous préparer, vous étiez «blanc comme un linge d'aspirine»...

La langue est d'une infinie richesse lorsque l'on pratique ces jeux à la fois irrespectueux et poétiques... *Les carottes sont jetées* est un drôle de livre, ludique et jouissif, qui vous mènera sur les chemins de traverse du langage. Vous ne saurez plus «sur quel pied donner de la tête». C'est simple, drôle, et, précisons-le, il est inutile pour lire ces *Carottes* d'avoir «inventé le fil à couper l'eau tiède»!

Une lecture à conseiller vivement à tous ceux qui ont «le moral aux trente-sixièmes chaussettes» parce qu'il «remonte les idées»! Vous n'aurez qu'une envie, après avoir parcouru ces pages, jouer à votre tour de ces mélanges infinis, créer votre propre langue inventive et imagée, c'est « l'enfance comme bonjour » ! N'attendez pas que « les calendes grecques aient des dents », lancez-vous !

Jetons les carottes !

Jouons à retrouver les expressions originales :

1- C'est le cadet de ma belle jambe.
2- Mentir comme un respirateur de dents.
3- Qui veut aller piano ménage sa sano.
4- Être heureux comme un pape dans l'eau.
5- Il y a de l'électricité dans le gaz.

(Réponses : 1- C'est le cadet de mes soucis/Ça me fait une belle jambe. 2- Mentir comme on respire/Mentir comme un arracheur de dents. 3- Qui veut aller loin ménage sa monture/*Chi va piano, va sano.* 4- Être heureux comme un pape en Avignon/Être heureux comme un poisson dans l'eau. 5- Il y a de l'électricité dans l'air/Il y a de l'eau dans le gaz.)

Pour en savoir plus :

Olivier Marchon est réalisateur de films et adepte des jeux de mots depuis toujours.
Et pour découvrir les coulisses des *Carottes*, rendez-vous sur www.les-carottes-sont-jetees.fr

Nonsense fiction

Eduardo Mendoza,
Sans nouvelles de Gurb

« *L*'avantage de la communication télépathique, c'est qu'on peut parler la bouche pleine. »

Gurb a disparu dans Barcelone sous « l'apparence de l'être humain nommé Madonna ». Gurb est un extraterrestre en mission d'étude. Son coéquipier, sans nouvelles de lui, le cherche dans toute la ville, sous diverses apparences, toutes plus saugrenues et hilarantes les unes que les autres. Il rend compte de ses recherches sous forme d'un journal de bord, heure par heure, du 9 au 24. Il *recherche* Gurb *désespérément*, croise des humains, s'initie à leurs pratiques étranges, vit des aventures proprement désopilantes.

C'est tellement étrange, un habitant de la Terre :

« Les êtres humains sont des choses de taille variable. Les plus petits le sont tellement que si d'autres humains plus grands ne les poussaient pas dans une petite voiture ils ne tarderaient pas à être piétinés [...]. Les plus grands dépassent rarement 200 centimètres de long. À noter ce détail surprenant : *quand ils sont couchés, ils gardent exactement la même dimension* que quand ils sont debout. [...] Presque tous portent deux yeux, qui, selon le sens dans lequel on regarde la tête, sont situés sur la partie antérieure ou postérieure de celle-ci. Pour marcher, ils se déplacent de l'arrière vers l'avant, ce qui les oblige à équilibrer le mouvement des jambes par un *vigoureux va-et-vient des bras*. Les plus pressés renforcent l'effet de ce va-et-vient au moyen de serviettes en cuir ou en plastique, ou de petites valises appelées Samsonite, faites d'une matière originaire d'une autre planète. »

Tout est objet d'interrogations farfelues : la respiration, la nourriture, la vie amicale et sociale. Le regard porté est faussement candide, le burlesque sert une levée des masques et des hypocrisies : « Apparemment, les êtres humains se divisent, entre autres catégories, en riches et pauvres. C'est là une division à laquelle ils accordent une grande importance, sans que l'on sache pourquoi. La différence fondamentale entre les riches et les pauvres paraît être la suivante : les riches, où qu'ils aillent, ne payent pas et peuvent acheter ou consommer tout ce qui leur plaît. En revanche, les pauvres paient même pour suer. » Les explications hilarantes sur le pourquoi du monde s'enchaînent les unes aux autres :

« Le 19. 1 h 30. Je suis réveillé par un bruit épouvantable. Il y a de cela des millions d'années (ou plus) la Terre a pris sa configuration actuelle en subissant des cataclysmes monstrueux : les océans envahissaient les côtes et engloutissaient des îles, tandis que des pics gigantesques s'écroulaient et que des volcans en éruption engendraient de nouvelles montagnes ; des séismes déplaçaient des continents. Pour rappeler ce phénomène, la municipalité envoie chaque nuit des appareils appelés bennes à ordures reproduire cette ambiance tellurique sous les fenêtres de ses administrés. »

Toujours « sans nouvelles de Gurb », son coéquipier se fait des amis (dont un exilé chinois, ne parlant toujours pas catalan, qui a cru prendre un bateau pour San Francisco, a débarqué par erreur à Barcelone et passe ses week-ends à chercher le Golden Gate dans toute la ville !) ; il achète un appartement, mange (des beignets par tonnes), regarde la télévision, lit, voudrait trouver une femme et finit par fixer son choix sur sa voisine («on cherche parfois bien loin ce que l'on a tout près. C'est une chose qui arrive souvent aux astronautes») et se demande même s'il ne va pas devenir terrien… Chacune de ses aventures délirantes fait rire à gorge déployée ; c'est féroce et drôle, tendre et méchant. Un court roman qui transporte. À vous de choisir le mode de locomotion :

« Le métro est le moyen préféré des fumeurs ; l'autobus celui des personnes en général d'un âge avancé, qui aiment faire des exercices d'équilibre. Pour des distances plus grandes, il existe ce qu'on appelle des avions, sortes d'autobus qui se déplacent en expulsant l'air de leurs pneus. Ils atteignent ainsi les couches basses de l'atmosphère où ils se maintiennent par la méditation du saint dont le nom figure sur le fuselage. Durant les voyages prolongés, les passagers de l'avion se distraient en exhibant leurs chaussettes. »

Pour en savoir plus :

Eduardo Mendoza est né à Barcelone en 1943. Il est l'un des auteurs espagnols les plus lus et les plus traduits de ces dernières années. Ses romans, notamment *La Ville des prodiges* (élu « Meilleur livre de l'année » par le magazine *Lire* en 1989) et *Une comédie légère* (prix du « Meilleur livre étranger » en 1998) sont tous disponibles en Points.

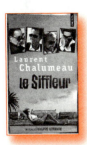

Comédie noire

Laurent Chalumeau,
Le Siffleur

Armand Teillard est un homme presque heureux. Excepté quelques ennuis mineurs avec l'administration fiscale, il savoure une semi-retraite bien méritée, entre son amie Viviane, gérante d'un magasin de lingerie, et sa table à la terrasse de l'*Aline Roc*, restaurant où il a ses habitudes, avec vue sur la baie de Cannes. « Les affaires allaient bien, donc. Et lui-même, vaille que vaille, ne se portait pas trop mal non plus. Les poissons grillés et les légumes de saison de l'Aline Roc lui maintenaient la brioche dans des limites décentes. Et à en croire la dernière révision, sous le capot tout fonctionnait à peu près : palpitant, foie, artères, reins, pancréas, prostate, tout nickel. Pas d'arthrose, pas d'Alzheimer, l'ignominie des couches confiance lui étant pour l'instant épargnée. »

Jean-Patrick Zapetti, lui, est convaincu d'être heureux. Mieux, d'être un Monsieur. « Né à Bron, agglomération lyonnaise, en 1959, père employé, mère au foyer. Études commerciales à l'ESC Saint-Étienne. […] Débuts difficiles. Jusqu'au moment où Jean-Patrick Zapetti trouve sa voie : sinon le premier, du moins l'un des tout premiers, il loue à des Russes. Puis vend à des Russes. Puis achète pour des Russes. Puis construit avec des Russes avec un premier projet à Mandelieu. Puis une villa-résidence à Super Cannes. Et depuis, ça n'arrêtait plus. »

Mais ça, c'est avant l'apparition de Maurice le Siffleur. Avec *Le Siffleur*, Laurent Chalumeau nous invite sur la Côte d'Azur à la découverte d'un microcosme de carte postale, constitué d'hommes de mains bas du front et de conseillers municipaux véreux, de la compagne d'un agent immobilier russophile, d'un restaurant bien situé très convoité, avec les îles de Lérins en toile de fond. L'auteur nous propose un polar anachronique sans fard ni technologie outrancière, un thriller tranquille comme une promenade digestive sur la Croisette débarrassée de la frénésie festivalière, dans lequel les mots justes ont plus d'importance que les balles perdues et où les apparences trompent énormément.

Avec une verdeur de la langue résolument moderne et la gouaille désuète d'un malfrat à l'ancienne, Laurent Chalumeau fait se croiser les époques et les genres, emprunte au cinéma de papa les figures de truands. Il casse les mythes et se joue des stéréotypes (tentative de kidnapping, mafia locale, arnaques en tous genres) pour mieux nous embarquer à la suite de son *Siffleur*, le mystérieux jumeau redresseur de torts à la méthode éprouvée : « Dès que j'en sais un peu plus, je m'introduis dans leurs vies, et je vais y foutre la merde. »

Dans les salles

Maurice le siffleur, titre original du roman de Laurent Chalumeau, vient d'être adapté au cinéma sous le titre *Le Siffleur*. Réalisé par Philippe Lefebvre, on y retrouve François Berléand, Thierry Lhermitte, Virginie Efira ou encore Alain Chabat.

C'est François Berléand qui a suggéré à Philippe Lefebvre d'adapter le roman de Laurent Chalumeau, un livre qui lui avait été conseillé par… Thierry Lhermitte (un des personnages du roman est d'ailleurs nommément comparé à l'acteur).

À noter, au départ les plongeons du personnage de Candice (Virginie Efira) se voulaient gracieux. Mais, lorsque la comédienne a avoué au réalisateur qu'elle plongeait « comme une enclume », Philippe Lefebvre a modifié le script pour y insérer ce *running-gag*.

Pour en savoir plus :

Né en 1959, **Laurent Chalumeau** est écrivain, journaliste, scénariste. Il entre à *Rock & Folk* en 1981, s'installe aux Etats-Unis et revient en France en 1990. Il écrit alors, pendant cinq ans, les sketches qu'interprète Antoine de Caunes, chaque soir, à la fin de « Nulle Part Ailleurs » sur Canal +. Il a aussi été parolier pour Michel Sardou, Patrick Bruel et Julien Clerc, dialoguiste pour le cinéma (*Total Western* d'Eric Rochant, *Les Morsures de l'aube* d'Antoine de Caunes). Il est l'auteur de romans déjantés, *Fuck* (Grasset), *Un mec sympa* ou *Les Arnaqueurs aussi* (disponibles en Points).

Un grand roman d'humour

Philippe Jaenada,
*Néfertiti dans un champ
de canne à sucre*

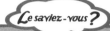

«Je suis né le 25 mai 1964 à Saint-Germain-en-Laye, et j'habite Paris depuis 1986. J'ai fait des études scientifiques jusqu'à 20 ans, mécaniques, puis un début d'école de cinéma, consternant, puis quarante-trois mille petites choses (vendeur de croûtes immondes en porte à porte, sous-stagiaire dans la pub, animatrice de minitel rose, rédacteur de fausses lettres de cul), jusqu'en 1989 où j'ai déraillé et me suis enfermé un an chez moi, sans voir personne, sans sortir, sans téléphone. Comme je m'ennuyais, je me suis mis à écrire des nouvelles, plus ou moins par hasard. Curieusement, l'une d'elles a été publiée en 90 dans *L'Autre Journal,* auquel j'ai ensuite collaboré pendant deux ans (nouvelles, chroniques, textes d'humeur, pseudo-reportages.). Puis, après la chute pathétique de ce mensuel, j'ai recommencé les petites choses (trucs à l'eau de rose pour *Nous Deux*, traduction de romans de gare pour « J'ai Lu», potins à *Voici*). En 1994, je me suis mis à rédiger *Le Chameau sauvage* […]. Ensuite, j'ai rencontré une fille renversante qui s'appelle Anne-Catherine Fath (je me suis retrouvé comme électrocuté, pour la première fois de ma vie), et je suis parti avec elle à Veules-les-Roses, quasiment fou, pour écrire *Néfertiti dans un champ de canne à sucre*, qui parle d'elle. […] Après, faut voir.»

Philippe Jaenada

Rions

« *Elle, je l'aime comme on aime une extraterrestre : je ne sais pas qui elle est, je la regarde, je l'écoute, je la touche, et pour la première fois en plus de trente ans, je suis amoureux de quelqu'un. Je n'y comprends pas grand-chose. [...] Pour tout dire, je ne comprends rien.* »

Elle, Néfertiti, c'est Olive Sohn, une belle inconnue croisée à Paris, un dimanche à la fin du mois de juin, au comptoir du Saxo Bar, lisant Bukowski, une fille sauvage, une grande blonde qui porte un anorak moche et trop court, dont Titus Colas tombe pourtant éperdument amoureux. Titus ? « On m'a prénommé Titus parce que mon père voulait Frank, ma mère Loïc, et que le hamster de ma sœur s'appelait Bérénice »… La première phrase que prononce Olive est : « C'est drôle, ce livre. » Elle parle de Bukowski. Mais ça vaut aussi pour celui qu'on est en train de lire.

« C'est con, ces histoires de coup de foudre », terriblement banal sans doute, absolument magique lorsque Philippe Jaenada en entreprend le récit, entre absurde et tendresse, drôlerie et émotion, ironie et désespoir, dans une langue inventive et déjantée, débridée, sexuelle, colorée, jouant de parenthèses hilarantes.

Comment vivre en couple quand on ne sait rien de l'amour, quand on vit dans un studio dont le désordre confine au fantastique (« Si quelqu'un peut vivre là-dedans, un homard peut faire du poney ») ? Jaenada signe une des histoires d'amour les plus burlesques et dingues jamais écrites, un roman d'amour et d'humour, dynamitant tous les codes du genre. Une pure merveille.

Rencontre avec Philippe Jaenada

L'écrivain nous dévoile son rapport décalé au bonheur.

Est-ce que l'écriture de *Néfertiti* a été un bonheur ?

Un bonheur ? Misère, non. Un bon vieux cauchemar. D'une part, l'écriture d'un livre n'est jamais un bonheur pour moi. De l'autre, c'était exactement comme décrit dans le roman : totalement enfermé trois mois en plein hiver dans une maison à l'écart d'un petit village désert avec une cinglée comme celle qui deviendrait plus tard ma femme (Anne-Catherine, alias Néfertiti), ça ressemble au bonheur comme ma tante à Bruce Springsteen. Quoique, avec le recul... (Cette dernière remarque ne s'applique pas à ma tante et Bruce Springsteen.)

La lecture de ce roman est-elle bonne pour le moral ?

C'est l'histoire d'un brave gars qui tombe amoureux fou, en quelques secondes et sans raison, d'une dingue imprévisible, et à qui, à partir de là, il n'arrive que des malheurs et des maladies. Je ne vois pas comment ça pourrait ne pas être bon pour le moral...

Non, sérieusement, je ne sais pas. (Disons que ça montre que tout est possible et que rien n'atteint l'amour, que le chaos, l'inquiétude et la déroute n'ont rien d'inquiétant, qu'un bras paralysé ou une invasion de lapins peuvent rendre la vie meilleure. C'est bon pour le moral, ça, non ?)

Dans l'autobiographie que vous avez rédigée pour votre site, vous écrivez avoir « rencontré une fille renversante qui s'appelle Anne-Catherine Fath » et avoir écrit *Néfertiti*, « qui parle d'elle ». *Néfertiti* est donc la mise en fiction de cet amour fou ?

La mise en fiction, la mise en fiction… Pas tant que ça. C'est très proche de la réalité. Et écrit quasiment en temps réel (j'ai commencé un mois et demi après avoir rencontré Anne-Catherine, et avancé ensuite au fur et à mesure). C'est du reportage sur le terrain, madame.

En quoi le bonheur est-il une source d'inspiration pour vous ?
En rien. S'inspirer du bonheur (si tant est qu'on puisse le cerner, le reconnaître, l'utiliser) pour écrire un livre, c'est – je trouve – comme écrire à l'encre blanche sur une page blanche, ou comme éclairer une bougie allumée. On ne peut – je pense – le faire apparaître, s'en approcher, qu'en se servant, comme d'un filtre, du malheur, de la malchance, de la souffrance (toutes ces choses bien reconnaissables et faciles à utiliser). Et vice versa, on ne peut – il me semble – bien évoquer le malheur, la souffrance, l'obscurité, qu'en passant par la légèreté, l'insouciance, la clarté.

Votre style se reconnaît, en partie, à ces parenthèses qui s'ouvrent, se déploient, s'imbriquent. Elles sont un rythme, une forme de respiration, de commentaire ironique parfois, de décalage… Y a-t-il pour vous un plaisir particulier de la parenthèse ?
Un plaisir, pas réellement (enfin si, tout de même), plutôt une nécessité. J'ai toujours écrit comme ça, même bien avant d'avoir la moindre intention de m'essayer un jour à la littérature. Ce n'est pas une manière, une sorte de marque de fabrique, contrairement à ce que je lis parfois à propos de mes romans, c'est vraiment, et simplement, parce que je ne sais pas m'exprimer (ni d'ailleurs penser) autrement.

Vous écrivez, dans *Néfertiti* : « La joie d'avoir vécu cette semaine avec elle l'emporte sur la tristesse de la voir

s'achever. En tout cas, il me semble n'avoir aucune raison de me plaindre. Pas plus que lorsqu'on termine un bon livre. » Le bonheur est-il pour vous davantage une question d'intensité que de durée ?

Ça, c'est certain. Je ne dois pas être le premier à dire qu'il ne peut exister que des moments de bonheur (et encore, en ce qui me concerne en tout cas, je ne les remarque et n'en profite jamais vraiment « sur le moment », justement – il me faut du recul, du détachement, du temps). Un bonheur qui dure, ce n'est pas possible, ce n'est plus du bonheur. Ça devient la norme, or le bonheur ne peut être qu'hors norme. Il suffit d'observer des petites maquettes de bonheur pour s'en rendre compte : on ne peut pas s'enivrer du plaisir d'une bonne tartiflette pendant six heures, ni coucher euphorique avec une fille soixante-douze heures d'affilée, ni flotter délicieusement une semaine dans l'eau chaude – on a le corps tout flasque et la peau fripée.

Et pour finir, de quels livres pourriez-vous dire qu'ils sont bons pour votre moral ?

Tous les bons livres, sans exception, qu'ils soient légers, drôles, ou sombres, désespérés. C'est de la nourriture, les bons livres, du chocolat, des spaghettis, des cerises, du vin, du whisky – or le chocolat et le whisky, on ne me dira pas le contraire, c'est bon pour le moral.

Pour en savoir plus :

Philippe Jaenada est également l'auteur chez Points de *Les Brutes* (avec les dessins de Dupuy et Berberian). Il a reçu le prix Vialatte et le prix de Flore en 1997 pour le très hilarant *Chameau sauvage* (J'ai lu).

Drôle de science...

New Scientist,
Pourquoi les manchots n'ont pas froid aux pieds ?

Rions

« *P*ourquoi la superglu ne colle-t-elle pas dans son tube ? »

La science est une discipline sérieuse, elle repose sur des théorèmes et autres démonstrations. Mais on peut aussi la pratiquer et la lire de manière ludique, devenir un adepte de « la science champagne », comme la nomme Édouard Launet, auteur d'un autre volume de cette collection, *Au fond du labo à gauche*. *Pourquoi les manchots n'ont pas froid aux pieds ?* répond ainsi de manière tout aussi scientifique que drôle et piquante à 111 questions triviales, « stupides et passionnantes », posées par les lecteurs de la rubrique « *The Last Word* » (le dernier mot) de la revue *New Scientist*. Un régal pour tous, Archimède en herbe, Newton contrariés et Einstein confirmés.

« Pourquoi un biscuit laissé une nuit en dehors de son sachet ramollit-il, alors qu'une baguette devient si dure que l'on pourrait assommer quelqu'un avec ?

Les biscuits contiennent plus de sucre et de sel que les baguettes. Or le sucre et le sel sont hygroscopiques, c'est-à-dire qu'ils absorbent l'humidité de l'air. La texture dense du biscuit aide à conserver cette humidité par capillarité. »

« Pourquoi le ciel est-il bleu ?

Le bleu du ciel s'explique par un phénomène appelé « diffusion Rayleigh ». La lumière solaire est diffusée dans toutes les directions par les molécules de l'air. L'intensité de cette diffusion dépend essentiellement de la fréquence de la lumière, c'est-à-dire de sa couleur. La lumière bleue (de haute fréquence) est dix fois plus diffusée que la lumière rouge (de basse fréquence). On voit donc surtout du bleu. »

« On dit souvent que la Muraille de Chine est le seul monument construit par l'homme visible depuis l'espace. Mais si cette muraille est très longue, elle est aussi très étroite. Si on la voit depuis l'espace on devrait aussi voir des monuments comme la pyramide de Chéops...

Il n'est pas vrai que l'on voit la Muraille de Chine depuis l'espace. Il s'agit d'une rumeur urbaine, aussi célèbre que celle du suicide en masse des lemmings ou des crocodiles dans les égouts.
D'autres productions humaines, en revanche, sont visibles depuis l'espace. Les villes, très éclairées, sont facilement visibles la nuit, et les polders hollandais semblent les plus grandes structures visibles de jour. »

Lisons plus

Dans le même esprit, encyclo-ludique, signalons le *Petit abécédaire de culture générale* du scientifique Albert Jacquard, qui passe au microscope 40 mots-clés, à rebours (de Z comme Zéphyrin Xirdal, un personnage de Jules Verne, à A comme Arc ou Arche). Paix, immortalité, hasard, liberté, univers, vieillir, temps, progrès, QI, rien n'échappe à la connaissance et au sens du partage du grand scientifique.

« C comme connaissance.
Tout jeune, j'ai été fasciné par le jeu de mots dont Paul Claudel a fait le sous-titre de son *Art poétique* : Traité de la co-naissance.
Et j'ai rêvé à cette naissance promise. Oui, connaître c'est naître, mais naître à quoi ? Au monde, à l'univers, bien sûr. »

Albert Jacquard

Pour en savoir plus :

Le courrier des lecteurs de la revue **New Scientist** est une mine d'informations pour les amateurs de science sans gravité. Retrouvez-le aussi dans *Mais qui mange les guêpes ? et 100 autres questions idiotes et passionnantes* (disponible en Points-Sciences).

Un humour à la française?

« *D*ans notre édition d'hier, une légère erreur technique nous a fait imprimer les noms des champignons vénéneux sous les noms des champignons comestibles, et vice-versa. Nos lecteurs survivants auront rectifié d'eux-mêmes. »

Pierre Desproges, *Fonds de tiroir*

Y aurait-il une école de l'impertinence à la française ? De Pierre Desproges à Stéphane Guillon, en passant par Guy Bedos ou François Rollin, semblent se dessiner sinon des influences, du moins un territoire, une veine, des filiations. Que nous pourrions tenter de cerner en quelques mots-clés.

L'humour français réside d'abord dans l'**irrespect**. Rien ne l'arrête. Aucun titre, aucune fonction – en témoignent *Sarko, le best of* de Plantu ou les portraits caustiques de Guillon –, aucun sujet – et surtout pas la mort. Pierre Desproges s'en amuse constamment. Il rit de celle des autres mais aussi de la sienne, son cancer annoncé. À plus de vingt ans d'écart, Guy Bedos use d'un double fictif (mais très ressemblant) dans *Le Jour et l'Heure*, un roman qui lutte pour le droit de mourir dans la dignité – sans pesanteur démonstrative, dans l'ironie et le recul, donnant un sens nouveau à l'expression… « mourir de rire ».
D'ailleurs l'humour ne rend-il pas éternel ?

« À l'âge où je ne pouvais pas encore aller au spectacle ni regarder la télé après 20 heures, j'ai rencontré Pierre Desproges dans les livres. Les siens. Mon père avait laissé traîner *Chroniques de la haine ordinaire* et le *Dictionnaire superflu à l'usage de l'élite et des bien nantis* [...]. Je les ai lus et relus avec bonheur à l'âge où l'on devrait lire *Martine*... Aujourd'hui, j'aime à croire que ces lectures « clandestines » ont contribué à mon amour du rire, à mon humour des mots. Ces livres sont toujours dans ma bibliothèque, parce que... j'aimerais que ma fille tombe dessus... par hasard... »

Florence Foresti, in *Pierre Desproges est vivant*.

Cette anthologie, présentée par François Rollin, regroupe « 34 saluts à l'artiste », dont ceux notamment de Guy Bedos, Jean-Louis Fournier, Stéphane Guillon, Jean Dujardin, Antoine de Caunes... Ils sont suivis des meilleurs extraits de « l'œuvre édifiante de l'excellent Pierre Desproges classée en 24 rubriques rigoureusement fantaisistes et très indispensables ».

L'humour français est aussi une forme de **résistance**. Foin de l'esprit de sérieux ou d'une politesse compassée, le rire désarme, répare, sanctionne, écharpe. Il est politique, sans grand discours. Il ne se paie pas de mots, il en joue. Aux grands maux, le grand remède : l'humour, comme l'illustrent aussi bien le Professeur Rollin que les auteurs du *Baleinié*, en passant par tous les ouvrages qui composent la collection « Le Goût des mots », en fidèles héritiers d'un Raymond Devos. L'humour français est généralement sans pitié pour ses voisins (qui le lui rendent bien). Le rire est sans aucun doute la **politesse du désespoir**, une manière de mettre les points sur les *i*, un alphabet cinglant et délectable, qui dépasse largement la frontière des langues. Du *nonsense* anglo-saxon au surréalisme belge (*Comment parler le belge* de Philippe Genion ou *Monsieur Manatane* de Benoît Poelvoorde), en passant par l'humour juif new-yorkais de Woody Allen, une seule identité : le rire. L'humour est une manière d'être et un savoir-vivre. Définitivement bon pour le moral. En 14 citations.

B comme **Bien-Être** : « État d'esprit produit par la contemplation des ennuis d'autrui » (Ambroise Bierce, *Dictionnaire du diable*, Rivages Poche).

O comme **Ogartir**, [*o-gar-tir*], verbe : « Se rappeler seulement qu'on a dit : "ça va, je m'en souviendrai" » (*Le Baleinié, l'intégrale*).

N comme **Non-peut-être** : « Non-peut-être : oui sûrement (surtout bruxellois). Et pour dire non, il faut dire "oui, peut-être…". Seuls les Belges s'y retrouvent » (Philippe Genion, *Comment parler le belge ?*).

P comme **Pessimisme** : « Il faut savoir résister au pessimisme des autres » (Guy Bedos).

O comme **Optimisme** : « Je déteste l'été. Tous les ans, c'est la même chose. Dès les premiers beaux jours, quand la nature est en fête et les oiseaux fous de joie, je regarde le ciel bleu par-dessus les grands marronniers de mon jardin, et je me dis : "Ah, ça y est, quelle horreur : dans six mois c'est l'hiver" » (Pierre Desproges, *Fonds de tiroir*).

U comme **Unis** : « Nous avions fondé une société d'admiration commune. Il me faisait rire, je le faisais rire. Le monde était pour nous un grand bahut dont nous serions les cancres moqueurs. Ne jamais assassiner l'enfant que nous avons été. C'était notre slogan. Et ce con qui s'en va. Malin » (Guy Bedos, in *Desproges est vivant*).

R comme **Regarder** : « Regardez bien notre invité… Le

Jolivet est, avec le Bedos, un animal en voie de disparition. Accident de moto, cancer, l'humoriste de qualité a été exterminé ces dernières années… Pas de panique, on annonce pour bientôt un "Comique Academy", des jeunes, relookés […] qui viendraient lire à l'antenne les meilleures histoires de Guy Montagné ! Rires synthétiques ajoutés sur la bande » (Stéphane Guillon, *Jusque-là… tout allait bien !*).

L comme **Lettres** : « La différence fondamentale entre homme et femme, ce sont les deux premières lettres » (François Rollin).

E comme **Être** : « Ce n'est pas que j'aie peur de la mort, je veux juste ne pas être là quand ça arrivera » (Woody Allen).

M comme **Miasliquer**, [*mi-as'-li-ké*], verbe : « S'asseoir sur son chat » (*Le Baleinié, l'intégrale*).

O comme **Oulguler**, [*oul-gu-lé*], verbe : « Retrouver une punaise perdue grâce à son pied nu » (*Le Baleinié, l'intégrale*).

R comme **Retenir** : « Les mots en questions : Pourquoi le mot *mnémotechnique* est-il si difficile à retenir ? Pourquoi le mot *abréviation* est-il aussi long ? Quel est le synonyme de *synonyme* ? » (Jean-Loup Chiflet, *Les mots qui me font rire*).

A comme **Ailleurs** : « Ce besoin d'aller voir ailleurs, il doit bien venir de quelque part ! » (Raymond Devos, *Rêvons de mots*, Le Livre de Poche).

L comme **Lichon-vogne**, [*li-chon-von'-ye*], n.m. : « Minuterie minutieusement réglée pour vous laisser dans le noir entre deux étages » (*Le Baleinié, l'intégrale*).

2/ Dédramatisons

La vie n'offre pas toujours que des moments drôles ou heureux. Lorsque le quotidien nous rattrape, avec son lot de stress et de tensions, il est bon de se rappeler le conseil avisé d'Henri Michaux (cité dans *La plus belle histoire du bonheur* disponible en Points): «Ne désespérez jamais. Faites infuser davantage.»
Plonger dans ses soucis pour mieux les mettre à distance, rire du quotidien, croquer l'actualité: autant de manières de dédramatiser. C'est ce que nous proposent les 8 titres qui suivent, où il sera question de chantiers (Jean-Paul Dubois), de politique (Plantu), de maladie (Guy Bedos), d'amour et de mariage (Dan Greenburg), mais aussi de psychanalyse (Philippe Grimbert), de dépression (Pierre Enckell), des petits tracas du quotidien (*Le Baleinié*) et de toutes nos petites angoisses et grosses phobies (Christophe André & Muzo). Quand rire devient une forme de savoir-vivre. Et comme le disait (avec un soupçon d'humour noir) l'éternel Pierre Desproges: «Il ne suffit pas d'être heureux. Encore faut-il que les autres soient malheureux» (*Fonds de tiroir*).

Attention chantier !

Jean-Paul Dubois,
*Vous plaisantez,
monsieur Tanner*

« *J*e m'arrange pour avoir vécu tout
ce que je raconte. »

Jean-Paul Dubois

Bienvenue en enfer…

Monsieur Tanner hérite de la maison de son oncle, « si haute, si longue et tellement large ». Sa joie sera de courte durée : la demeure imposante est une ruine, au sens propre comme au sens figuré, et voici monsieur Tanner engagé, à son corps défendant, dans les aventures tragi-comiques des rénovations, réparations, travaux en tout genre et coups du sort. Un an de chantier que Jean-Paul Dubois chronique par courts chapitres, sous forme de saynètes et d'une galerie de personnages hauts en couleur. « Dans le bâtiment ce sont des fous. Il faut le savoir. Ils sont vraiment tous fous. »

Vous plaisantez, monsieur Tanner est à mi-chemin entre Kafka (pour la cascade de catastrophes) et Dany Boon (*La Vie de chantier*). Jean-Paul Dubois croque les artisans qui s'attaquent à la restauration de la demeure : un fumiste (dans tous les sens du terme), des couvreurs, maçons, électriciens qui semblent avoir pour seul but de faire de son quotidien un cauchemar. Le portrait de Jean-César Astor est un monument, peintre en bâtiment par dépit de n'avoir pu devenir sculpteur. Et tous les autres ouvriers, qui, « présentés en enfilade, formaient la plus intrigante exposition d'originaux et d'hurluberlus que l'on puisse imaginer»! De page en page nous suivons l'odyssée catastrophe de ce chantier, son surréalisme au quotidien, des situations saugrenues dans lesquelles chacun se reconnaîtra…

«À quelque chose malheur est bon»: le proverbe se vérifie avec ce récit, cauchemar hilarant, prétexte à un brillant jeu avec les mots, à un comique de situation désopilant, à un récit qui fait rimer «épique» et «comique». Quand une maison en travaux devient un «paquebot de soucis», l'humour est la seule bouée de sauvetage possible, un manuel de survie. Si l'«on ne restaure pas Chenonceau avec un plan épargne logement», on peut cependant en tirer une comédie enlevée et irrésistible. Sans plaisanter.

Dédramatisons

Extrait : « L'art moderne »

«Pour rompre la monotonie de mes journées, il m'arrivait d'échanger quelques mots avec Astor. Il m'avoua peu à peu son réel mépris pour son travail, et la passion dévorante qu'il vouait à l'art moderne.

– Au départ, j'ai essayé d'être sculpteur. Mais je n'ai rien vendu. Alors que je me suis improvisé galeriste. Des choix trop radicaux m'ont conduit à la faillite et de fil en aiguille je me suis retrouvé dans la peinture, en bâtiment, cette fois.

Quand je doutais du choix d'une teinte dans un nuancier, je demandais son avis à Astor:

– Écoutez, monsieur Tanner, je peux discuter avec vous d'une couleur dans une toile pendant des heures. L'analyser, essayer de comprendre ce qui la compose ou la justifie. Mais si vous me demandez mon avis pour un mur, alors là, ne comptez pas sur moi. C'est comme si j'étais aveugle. Je ne vois pas les couleurs industrielles. Je ne sais jamais ce que je peins.

C'est ainsi que j'accrochai Astor dans ma galerie personnelle. Il rejoignit les innombrables portraits que j'avais le don de collectionner, et qui, présentés en enfilade, formaient la plus intrigante exposition d'originaux et d'hurluberlus que l'on puisse imaginer.

Pour rafraîchir les murs de ma nouvelle maison, j'avais donc engagé tout à la fois un artiste refoulé et un marchand d'art reconverti. Je me méfiais de cette hasardeuse et détonante combinaison, craignant que, le moment venu, Sotheby's ne se mêle de la facture. »

Pour en savoir plus :

Né à Toulouse en 1950, **Jean-Paul Dubois** est écrivain et journaliste (*Le Nouvel Observateur*). Il a reçu le prix Femina pour son roman *Une vie française* en 2004. Il est l'auteur de plus d'une vingtaine de romans et recueils de nouvelles, dont notamment *Si ce livre pouvait me rapprocher de toi* ou *Hommes entre eux*. Son roman *Kennedy et moi* a été porté à l'écran, avec Jean-Pierre Bacri dans le rôle principal.

Politiquement croqué

Plantu,
Sarko, le best of

Parmi les rires nécessaires, la mise en perspective de la vie politique, de son influence sur notre vie quotidienne est un exercice dans lequel excelle Plantu, et notamment lorsqu'il prend pour sujet notre président, Nicolas Sarkozy (sa vie, son œuvre), en 4 chapitres et 130 dessins : Sarkozy avant Sarko, Sarkozy candidat à la présidentielle, Sarkozy président, Sarkozy depuis Carla. Un délice de second degré et d'ironie politique.

Cette année, au cinéma, j'ai l'impression de n'avoir vu qu'un seul film : "Iznogoud" !

L'avant-propos donne le ton : quand il dessine Sarko, Plantu n'est pas dans la caricature mais dans le portrait parce que Nicolas Sarkozy «est une caricature à lui tout seul».

Énervé, trublion, Sarko est partout, occupe la scène, l'espace du dessin, les esprits. Son message est lui aussi un bonheur pour le dessin politique : clair, fait de formules chocs («J'irai chercher la croissance avec les dents»…). À force d'être un cliché, un produit médiatique, il devient un «personnage de bande dessinée»… Au dessinateur de trouver une mesure, «flirter avec la ligne jaune» sans la franchir, opérer un «savant dosage entre la provocation, la colère et le respect de la personne humaine». Portrait donc d'un personnage qui se caricature lui-même, d'un «candidat-devenu-président Sarkozy»…

Rien n'échappe au dessin de Plantu. Dans l'ensemble du livre, chaque page est organisée en diptyque, une image et un court texte la replaçant dans le contexte politico-social de l'époque. Les dessins, se succédant, tissent une chronologie, des moments forts, dont chacun se souvient. En regard, l'actualité culturelle et politique du moment, des citations : un paysage pas si lointain se redessine sous nos yeux. Dessiner l'actualité politique est, pour Plantu, un exercice salutaire de décalage et de remise en perspective.

Si la caricature, étymologiquement, est une « charge », le trait semble peu grossi. Un *Best of Plantu*, certainement, et un *Worst of* Sarko sans nul doute…

Pour en savoir plus :

Né à Paris en 1951, **Plantu** publie son premier dessin dans *Le Monde* en 1972. Il est consacré à la guerre du Vietnam. Prix de l'humour noir en 1989, il perpétue une tradition du dessin politique et de la caricature depuis Daumier. Il est l'auteur de plusieurs livres dont, chez Points, *Le Petit Mitterrand illustré* et, aux éditions du Seuil, *Bas les masques*.

Aimer la vie jusque dans la mort

Guy Bedos,
Le Jour et l'Heure

« *Sondage A : 92 % de Français s'estiment heureux. Sondage B : 2 millions d'analphabètes en France. À mon avis, dans les 92 %, il y en a qui ne connaissent pas leur malheur.* »

Guy Bedos, *Petites Drôleries et autres méchancetés sans importance*

Guy Bedos, dans *Petites Drôleries et autres méchancetés sans importance*, écrivait : « Il y a tant à dire et la vie est si courte. » Mais aussi, « il y a des gens qui ont des indignations sélectives. Moi j'ai des indignations successives ». *Le Jour et l'Heure* est à l'intersection de ces deux citations. Un cinéaste vieillissant, David, voudrait choisir le moment de sa mort, « par amour de la vie » : « Aujourd'hui, j'ai décidé de me tuer. Quand ? Je ne sais pas. Je choisirai le jour et l'heure. » On lui a diagnostiqué un cancer, en bon scénariste, il ne veut pas se laisser imposer une fin. Il tient un journal, sorte de chronique d'une mort annoncée, des « notes jetées en vrac, sur feuilles volantes, à temps perdu », « façon, avant de la quitter, de me raconter ma vie » : hommage à ses chers disparus (Serrault, Poiret, Mastroianni, Noiret, Cassel, Brialy, mais aussi Simone Signoret et le titre du roman est sans aucun doute un hommage au film éponyme de René Clément), dialogue avec sa femme tant aimée qui l'a quitté une dizaine d'années plus tôt mais aussi, étrangement, avec ses trois enfants, tombés sur ces pages, qui lisent et commentent en une conversation écrite, d'abord clandestine, puis avouée.

David a «mal au monde» et il se moque de sa formule pompeuse. Il dit son désespoir de vivre dans un monde «festival de l'horreur et de la saloperie». Analyse son rapport au judaïsme, à l'amour, à l'actualité. Ironise. S'engage et dit son soutien à l'Association pour le droit de mourir dans la dignité, défend l'euthanasie dont la légalisation lui semble un pas aussi nécessaire que celle de l'avortement. *Le Jour et l'Heure* est un texte lourd, un acte de «résistance à l'ordre établi» mais aussi un immense espoir : celui de la liberté, de la dignité et de l'humour jusqu'au bout. Et si Bedos écrivait, dans les *Petites Drôleries*, que «rien que d'en parler, la maladie, ça me tue», dans *Le Jour et l'Heure*, cancer et désespoir inspirent à l'auteur un rire doux-amer et salvateur. En témoigne ce superbe «Je me suis remis à fumer, aussi. Suicidaire comme je suis, FUMER TUE, ça m'excite».

Après lecture de ce roman, nous pourrons tous dire, comme son auteur : «Je vais bien. Et si tout le monde allait aussi bien que moi, j'irais beaucoup mieux.»

Pour en savoir plus :

Guy Bedos est né le 15 juin 1934 à Alger. Il débute au music-hall aux côtés de Barbara. Humoriste mordant, engagé politique virulent, grand ami de Desproges, aujourd'hui farouche défenseur et ami de Guillon, il joue ses sketchs sur scène, mais aussi des pièces au théâtre, des rôles inoubliables au cinéma. Il est également l'auteur d'un récit émouvant sur sa mère, *Mémoires d'outre-mère* (Livre de poche).

L'art d'aimer, autrement

Dan Greenburg,
Suzanne O'Malley,
Comment éviter l'amour et le mariage

« *Cela fait trop longtemps que vous, le masochiste ordinaire, essayez d'expier vos fautes par des moyens aléatoires. Cela fait trop longtemps que, pour vous livrer à cette autopunition, vous avez dû vous contenter d'angoisses mal conçues, de punitions tâtonnantes, de châtiments inopérants – tout simplement parce que ce domaine dédaigné par la science officielle en est resté au stade de l'amateurisme. Le temps de l'ignorance est révolu.* »

Dan Greenburg,
Le Manuel du parfait petit masochiste

Comment éviter l'amour et le mariage ? Quelle question saugrenue, à l'heure des sites de rencontres et du *speed dating*, où chacun semble chercher son *chat*…

S'attacher est un piège et une malédiction, nous expliquent les deux auteurs, le plus sûr moyen de rater la femme idéale ou le prince charmant, ou, plus concrètement encore, de se faire larguer. Autant prendre les devants, gâcher de manière certaine une idylle sans nuages et parfaire ce que l'on accomplit parfois de manière inconsciente, donc peu efficace.

Les chapitres de ce petit précis de sabotage amoureux sont autant de pistes pour rester célibataire. Le mariage n'est pas un « état naturel », presque tous les animaux se séparent après s'être accouplés. Pourquoi s'engager pour la vie ? La démonstration de Dan Greenburg et Suzanne

O'Malley est parfaite : tests, QCM, dessins, graphiques, énoncés de lois, chapitres explicatifs et clairs contribuent à nous aider à rester célibataire (ou à le devenir).

Étape après étape, voici comment faire d'une rencontre la chronique d'un échec annoncé, rater les premiers moments en couple, et s'il vous reste des affinités, faire des préparatifs de la cérémonie nuptiale un chef-d'œuvre du film catastrophe. L'élu a résisté à tout ? Vous saurez comment faire machine arrière au moment des consentements, rater la nuit de noces, faire de la lune de miel une magistrale « dépression postnuptiale ». Toujours ensemble ? Les auteurs vous aident à pimenter le quotidien, des scènes de ménage au refus du devoir conjugal, de la voiture à la vaisselle, des amis aux beaux-parents. Tout pour devenir un *Parfait petit masochiste* solitaire, auquel Greenburg a également consacré un savoureux manuel.

Vous l'aurez compris, *Comment éviter l'amour et le mariage* est un livre délicieux de second degré, ludique et saugrenu, à lire *a contrario* pour éviter les pièges qui tuent les couples. Et s'amuser de nos angoisses ou crispations quotidiennes.

Test de fidélité

Dans quelles circonstances auriez-vous la tentation d'être infidèle ? Répondez par OUI ou par NON aux propositions suivantes :

Pour les femmes

1 – Le prince Edward a un coup de foudre en voyant une photo de vous : il vous envoie par télex une proposition de mariage en vous offrant une place permanente dans la famille royale.
OUI   NON

2 – Un célèbre médecin vous propose un week-end
   coquin à Maubeuge.
   OUI   NON

3 – Un chef de rayon modérément séduisant vous
   sourit au supermarché du coin.
   OUI   NON

Pour les hommes

1 – Deux coco-girls tombent folles de vous en vous
   croisant près de l'ORTF et vous invitent pour un
   week-end aux Baléares à leurs frais.
   OUI   NON

2 – Une délicieuse serveuse de restaurant suggère de
   terminer la soirée chez elle.
   OUI   NON

3 – Une pompiste vous fait de l'œil en remplissant
   votre réservoir.
   OUI   NON

Dédramatisons

(Réponses : Si vous avez répondu oui à la première question, vous êtes incurablement romantique : votre partenaire ne risque rien. Si vous avez répondu oui aux questions 1 et 2, votre seuil de tentation est normal. Si vous avez répondu oui aux questions 1, 2 et 3, vous avez toutes les chances d'attraper le SIDA avant la fin de l'année. Si vous avez répondu non partout, votre partenaire lit sur votre épaule. »)

Pour en savoir plus :

Dan Greenburg, écrivain américain et auteur de scénarios pour le cinéma et la télévision, a été marié trois fois. Sa première épouse était Nora Ephron, réalisatrice de *Julie & Julia*, avec Meryl Streep, dont le livre est disponible en Points), la seconde... Suzanne O'Malley, coauteur du livre. Il est également l'auteur chez Points du *Manuel du parfait petit masochiste*.

« Chantons sous la psy ! »

Philippe Grimbert,
Évitez le divan

> « *Notre monde, bien près d'être submergé par le raz de marée des conseils prodigués par d'innombrables manuels et guides consacrés à la poursuite du bonheur, ne doit plus se voir refuser la bouée de sauvetage dont il a tant besoin. La connaissance des mécanismes et des processus produisant le malheur doit cesser d'être jalousement gardé par la psychiatrie et la psychologie.* »
>
> Paul Watzlawick, *Faites vous-même votre malheur*

Philippe Grimbert, romancier à succès (notamment *Un secret*, porté à l'écran par Claude Miller), est également psychanalyste et l'auteur de nombreux ouvrages, dont *Pas de fumée sans Freud, Chantons sous la psy* et *Évitez le divan*. Dans ce « petit guide à l'usage de ceux qui tiennent à leurs symptômes », il se donne un double but : permettre à ses lecteurs d'« éviter le divan » (et le coût faramineux d'une cure) mais aussi de tirer parti au mieux de leurs échecs, en un mot de « faire enfin éclore le héros tragique qui sommeille » en chacun de nous.

En effet pourquoi souhaiter une réussite éclatante ? C'est si banal, si stéréotypé… Mieux vaut cultiver sa différence, donc ses névroses ! L'échec n'est pas inné, il doit être cultivé, ce que chaque lecteur réussira au mieux en suivant les préceptes de ce précieux guide, destiné à seconder l'« entreprise de peaufinage de votre drame existentiel ». Les chapitres déclinent huit leçons pour cultiver son humeur dépressive, ses douleurs physiques, ses phobies et obsessions, ses pannes sexuelles, sa misanthropie, ses échecs et la certitude que le pire est à venir…

Chaque catégorie regorge de conseils et d'anecdotes et s'appuie sur des lectures décalées et drôles de Freud et Lacan que l'auteur, en bon masochiste (charité bien ordonnée commence par soi-même!), a lu pour nous. Tout est à la fois sérieux, informé, et délicieusement parodique. La «gymnastique mentale» que nous propose Grimbert, ironique et piquante, fait un bien fou. Et nul doute qu'après lecture de ces pages, de (dé)fêtes en dépressions lacrymales, votre «entreprise de démolition» ne connaîtra plus la crise!

Et si ce guide ne vous plaît pas? Tant mieux, répond Grimbert, «au moins serez-vous convaincu d'avoir fait avec cet ouvrage un mauvais achat, ce qui en soi constitue déjà un pas en avant dans la conquête d'un bon symptôme dépressif»!

Autre solution, vous précipiter en complément sur *Faites vous-même votre malheur* de Paul Watzlawick (Points) qui démontre, avec une verve qui n'a d'égale que sa pertinence, qu'apprivoiser son malheur est une étape nécessaire pour trouver le bonheur.

Deux guides indispensables pour nous réconcilier dans l'humour avec notre quotidien et nos névroses.

Pour en savoir plus :

Né en 1948 à Paris, **Philippe Grimbert** est écrivain et psychanalyste. Il a notamment travaillé auprès d'adolescents autistes ou psychotiques. Son roman *Un secret* a reçu le prix Goncourt des lycéens en 2004 et le Grand Prix des lectrices de *Elle* en 2005 (Livre de poche).

365 bonnes raisons
de rester au lit

Pierre Enckell,
Encore une journée pourrie

Un livre peut être un « antidépresseur puissant, à effet cathartique rapide » : en témoigne ce recueil de bons mots, donnant chacun une bonne raison de rester couché, témoignages célèbres de *L'Inconvénient d'être né*, du malheur d'être vivant, qui agit, *a contrario*, comme une consolation.

Du 1er janvier au 31 décembre, une citation par jour permet de mettre son propre malheur en perspective, en miroir avec celui d'un écrivain ou d'une personnalité.

Pierre Enckell, bibliomane, a choisi des citations de journaux intimes pour chaque jour du calendrier. Vous pourrez ainsi passer votre 31 décembre avec Harold Nicolson pour conclure par un définitif « Ce fut une mauvaise année » ou ouvrir la suivante avec le « Démoralisation complète » d'Antoine Fontaney.

Procrastinations, aveux de paresse, d'ennui, de ratages, insomnies, migraines, tout dit le « mauvais », l'adjectif sans doute le plus employé dans ces pages.

« Rien ne va, rien », commente Georges Séféris en date du 21 janvier, ni la santé, ni les amours, ni le travail, ni les lectures : « Quelle vie ! » (Benjamin Constant, 24 janvier). Lire, chaque jour confirmé, le désespoir épais de ces grands écrivains fait du bien : leur spleen apparaît comme le stimulant de leur créativité, la source paradoxale de leurs grandes œuvres, une forme d'élection liée au génie. Jules Renard, 26 janvier 1892 : « Aujourd'hui, tête en ciment, cervelle de plâtre. Pas pu écrire une ligne ».

L'humour noir de certains est un délice, Paul Léautaud confie un nouvel examen d'urines : trop de sucres « donc, nécessité d'un régime. Je ne mange déjà pas »... Une anthologie des humeurs (noires, mauvaises) d'une causticité réjouissante.

De la « journée excessivement douloureuse » de Léon Bloy à celle « passablement horrible » de Katherine Mansfield, voilà une éphéméride jubilatoire. À vous de choisir le mode de lecture et la posologie : glaner des fragments ou tout lire en gourmand du malheur des autres. Mais quelle que soit votre lecture, vous ne pourrez plus dire, comme le Maréchal Lyautey, le 27 février : « Journée absurde, rien appris, rien noté » !

Qui a dit ?

1- « Le secret, c'est d'écrire n'importe quoi, c'est d'oser écrire n'importe quoi, parce que lorsqu'on écrit n'importe quoi, on commence à dire les choses les plus importantes. » (15 juillet 1956)

2- « Quoi qu'on ressente moralement, la plus grande place dans la hiérarchie de la douleur revient à la souffrance physique. » (6 octobre 1987)

3- « Cette année, j'ai pris la résolution d'arrêter de vieillir. J'ai même pas tenu une seconde, tu parles d'une volonté ! »

4- « Comme je voulais sortir de mon lit, je me suis
écroulé. La raison en est fort simple, je suis
absolument surmené. » (19 février 1911)

5- « Je suis réveillé par des douleurs insupportables et
comme je ne peux ni dormir, ni marcher de long en
large, je me soulage en prenant ce cahier pour
essayer de crier mon mal aux amis inconnus qui
lisent ces lignes. » (18 octobre 1945)

(Réponses : 1- Julien Green 2- Jean-Édern Hallier 3- Jean-Marie Gourio,
Brèves de comptoir 4- Franz Kafka 5- Jean Cocteau.)

Pour en savoir plus :

Pierre Enckell est journaliste et lexicographe. *Encore une
journée pourrie* est paru pour la première fois sous le titre
L'Année terrible aux éditions Manya en 1990. Il est également l'auteur chez Points de *Que faire des crétins ? Les
perles du grand Larousse* dans la collection « Le Goût des
mots » et du *Dictionnaire des onomatopées* (éditions PUF).

Le dico des mots qui manquaient

Christine Murillo, Jean-Claude Leguay et Grégoire Œstermann,
Le Baleinié, l'intégrale

Dédramatisons

« *Souffrir avec précision,
c'est mieux savoir vivre mal.* »

Répertorier des néologismes pour enfin donner un nom aux petits tracas du quotidien, tel est le propos de ce délectable dictionnaire. Désormais, toutes ces situations critiques auront un nom. La distance à partir de laquelle on se demande s'il faut ou non tenir la porte à la personne qui vous suit est une *ertepoul*; le camion devant vous qui vous masque systématiquement le panneau sur l'autoroute, un *boulbos*. Le fait de faire vos courses avec un caddie qui couine se dit *mener glambule*. Cette détestable habitude de vous prendre la manche dans une poignée de porte alors que vous avez une tasse de café à la main? *Abrataphier*. La recette de cuisine qui rate systématiquement quand c'est vous qui cuisinez a un joli nom, une *boustoufla*. Le créneau qui s'annonce difficile, devant une terrasse bondée, un *glindole*.

Ce dictionnaire surréaliste dresse la liste de tous ces « *bahans* », ces « mots simples comme bonjour qui ne vous reviennent jamais ». Un mot pour chaque petite misère : répondre au dentiste alors qu'il a ses doigts dans votre bouche, sortir souriant de chez le coiffeur alors qu'on est effondré, applaudir un verre à la main, acheter un livre dont vous n'avez pas besoin à cause de son bandeau accrocheur (ce qui n'est pas le cas de celui-ci).

454 entrées, autant de lois de Murphy et autres désagréments dans lesquels chacun se reconnaîtra.

Ce dictionnaire permet deux lectures complémentaires : l'une centrée sur une langue inventive, drôle, proprement oulipienne. L'autre permet de se délecter de ce répertoire de nos petits tourments du quotidien, de A comme *a@paz* (ordinateur têtu qui vous signale des trucs) à Z comme *zwycky* (être battu au scrabble par un enfant à qui vous avez appris à lire).

Ce dico à garder à portée de main ne sera jamais un « *xu* » (objet rangé mais où ?). À se procurer d'urgence, sauf si vous avez peur de la « *ousse-dreps* » (fou rire avec bronchite et côte cassée).

Le saviez-vous ?

Les LEM : On désigne sous cet acronyme les Lois de l'Emmerdement Maximum, manière de tourner en dérision nos tuiles quotidiennes.

Plusieurs lois proposent ainsi une approche « zygomato-scientifique » du phénomène :

La loi de Murphy (selon laquelle une tartine retombe toujours du côté du beurre et/ou de la confiture) ;

La loi de Finagle (tout événement ayant une probabilité de mal tourner le fera infailliblement). L'effet Bonaldi, qui sévissait autrefois sur Canal + (une expérience réussie en répétitions tourne à la cata en direct) ;

La Loi de Sturgeon, du nom de l'écrivain de Science-fiction (selon laquelle « 90 % de toute chose est du déchet »).

Des mots qui soignent

Christophe André & Muzo,
Je dépasse mes peurs et mes angoisses

Bonjour l'angoisse ! Anxiété, claustrophobie, TOC (troubles obsessionnels compulsifs)… nous sommes tous plus ou moins atteints par ces maux, à des degrés divers.

La peur et sa fixation sur certains objets sont sans danger, si l'on en croit le psychiatre Christophe André, en ce qu'elles permirent la survie de l'espèce humaine, agissant comme un signal d'alarme. Elles sont même franchement hilarantes quand Muzo les met en images et courtes bandes dessinées. « Que personne ne bouge ! » lit-on sur un dessin, « ceci est une attaque de panique ! » Mais, lorsque l'angoisse devient anxiété et les peurs, phobies, la vie sociale, personnelle s'en trouve bouleversée, voire empêchée. Que vous soyez sidérodromophobe (peur des voyages en train), taphophobe (peur d'être enterré vivant), plus prosaïquement arachnophobe (peur des araignées) ou franchement apopathodiaphulatophobe (peur d'être constipé), il faut que cela cesse. Agissez, lisez !

L'originalité de ce traité, *Je dépasse mes peurs et mes angoisses*, réside dans le double regard porté sur elles : celui, informé et médical, de Christophe André et celui, décalé, plein d'humour et de mordant de Muzo. Les textes permettent de cerner les origines de ces maux quotidiens et leurs manifestations, ils aident à les relativiser et donnent des clés pour s'en défaire. Les dessins agissent aussi comme une forme de thérapie en nous faisant sourire de nos manies ou angoisses, en prenant du recul et en dédramatisant.

Alors, que l'on ait peur de l'avion, des microbes ou des espaces confinés, que l'on souffre de trac en public ou d'insomnie chronique en raison du stress, ce guide est fait pour nous ! Il fourmille de situations pratiques et conseils et offre une aide précieuse pour dépasser nos phobies sociales ou comportementales. De quoi voir la vie en rose !

Pour en savoir plus :

Christophe André est psychiatre et psychothérapeute. Il est l'un des chefs de file des Thérapies comportementales et cognitives en France, et a été l'un des premiers à y introduire l'usage de la méditation en psychothérapie. Il est auteur de nombreux livres de psychologie à destination du grand public, dont le best-seller *Les États d'âme* (éditions Odile Jacob).

Né à Rennes, **Muzo** partage désormais son temps entre l'illustration pour la presse et l'édition, la peinture et la gravure.

3/Partageons

Les titres qui composent cette partie sont tous placés sous le signe du partage. Qu'il s'agisse de grands traités de sagesse – *Les Voies spirituelles du bonheur* du Dalaï Lama, *Le Prophète* de Khalil Gibran, *Le Sens du bonheur* de Krishnamurti – ou de Grands Discours (Barack Obama, Martin Luther King, Gandhi), il s'agit de trouver un sens au monde, politique comme spirituel. Les mots font avancer l'histoire des peuples comme les destinées individuelles.

Témoignages autobiographiques (Tiziano Terzani, *Le Grand Voyage de la vie*) ou romans (de Buten, Coloane, Skármeta, Sepúlveda ou Fermine), tous nous enrichissent, nous montrent la voie d'un dépassement, d'une communion avec les êtres et le monde. Comme l'écrit Daniel Pennac dans *Comme un roman* (Folio) : « Le temps de lire, comme le temps d'aimer, dilate le temps de vivre. » Une bien jolie promesse.

Méditer pour s'apaiser

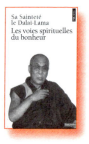

Le Dalaï Lama,
*Les Voies spirituelles
du bonheur*

S i le but de la vie est le bonheur, ce dernier ne peut être approché qu'à travers la paix intérieure et l'amour de notre prochain. Dans *Les Voies spiri-tuelles du bonheur*, le Dalaï Lama donne des clés pour cultiver un esprit d'altruisme, de justice et d'équilibre. La compassion, au centre de la pratique bouddhique comme de son enseignement, devient ici l'arme d'un combat politique non violent. Partant de son expérience personnelle (le deuil, l'exil), le Dalaï Lama explique comment dépasser la colère ou la haine, les muer en compassion, et par là en bonheur :

« En fait, nous sommes surtout des animaux sociaux. Sans amitié entre les hommes, sans le sourire humain, la vie devient déplorable ; la solitude, insupportable. Cette interdépendance des êtres humains est une loi naturelle – au sens où, pour vivre, nous dépendons naturellement les uns des autres. Si, dans certaines circonstances, à cause d'un problème intérieur, nous regardions notre entourage avec hostilité, comment pourrions-nous espérer vivre heureux et garder l'esprit en paix ? Une loi naturelle la plus élémentaire nous dicte que l'interdépendance – donner et recevoir de l'affection – est la clé du bonheur. »

L'esprit s'entraîne en suivant les leçons de huit versets bouddhistes commentés :

1 - Reconnaître la valeur des êtres qui nous entourent et les considérer comme nous étant supérieurs.

2 - S'écarter de toute pensée négative.

3 - Aider les êtres en proie à la douleur ou au mal au lieu de les marginaliser.

4 - Accepter d'être bafoué, maltraité ou insulté par jalousie, sans se laisser dominer par la colère ou la haine.

5 - Dépasser les déceptions.

6 - Prendre sur soi les peines et souffrances d'autrui.

7 - Ne pas se laisser corrompre par des pensées mondaines (renommée, richesse, plaisir) et se libérer de la vanité de ces liens.

À méditer…

Pour en savoir plus :

Tenzin Gyatso est né le 6 juillet 1935. Il est, à deux ans, reconnu quatorzième Dalaï Lama. Depuis novembre 1950, il est le chef temporel et spirituel du peuple tibétain. Il reçoit, en 1989, le prix Nobel de la paix. Dans son discours de réception, il prône la non-violence en réponse à l'occupation militaire du Tibet par la Chine depuis 1950. « Prendre conscience que, fondamentalement, nous sommes tous des êtres humains en quête de bonheur et en refus de souffrance favorise le développement du sens de la fraternité, de l'amour et de la compassion. Cela est un point vital si nous voulons survivre dans ce monde qui se réduit de jour en jour » (Texte disponible dans la collection Points « Les Grands Discours »).

Le Dalaï Lama est également l'auteur en Points Sagesses de *Cent éléphants sur un brin d'herbe*, et de *Du bonheur de vivre et de mourir en paix*.

Partageons

Dire le monde
pour le changer

Martin Luther King,
I have a dream,
suivi de Ernest Renan,
La Nation et la race
(et autres titres de la collection
«Les Grands Discours» de Points)

Les mots peuvent changer le monde, l'analyser, le penser, infléchir son cours. Ils s'inscrivent dans l'Histoire, collective comme individuelle, sociale comme politique. Ils sont l'Histoire. En témoignent ces grands discours dont nous ne sommes souvent capables que de citer une date, un incipit ou un slogan : «*I have a dream*», «*Yes we can*», «Demain vous voterez pour l'abolition de la peine de mort»…

Points dédie une collection à ces paroles devenues actes, à ces leçons de politique et de courage, ces utopies devenues parfois réalités : Badinter et l'abolition de la peine de mort en 1981, Simone Veil luttant pour le droit des femmes à l'avortement en 1974… Des discours qui modelèrent durablement la société, le regard que nous portons sur elle, les lois qui la cadrent.

Ces textes s'inscrivent dans deux siècles de débats démocratiques, de Danton et Dufay à Obama («*Yes we can*», le 8 janvier 2008), en passant par Churchill («Du sang, de la sueur et des larmes», en 1940). On lira et relira Martin Luther King («*I have a dream*»), Gandhi («Le mal ne se maintient que par la violence»), Mandela («Le temps est venu»), on goûtera les mises en perspective : la parole de Gandhi mise en parallèle avec celle du Dalaï Lama, celle de Martin Luther King et de Renan, d'Obama et de Franklin D. Roosevelt… Le discours, sublime, de Simone Veil, intervenant le 26 novembre 1974 à la tribune de l'Assemblée nationale en tant que «ministre de la Santé, femme et non-parlementaire» est suivi d'«Accéder à la maternité volontaire», par Lucien Neuwirth, juillet 1967 : façon de rappeler que l'accès à la contraception a été une première étape vers l'IVG. Là encore, le volume, dans sa construction, porte un sens, donne à lire et à penser.

De «*I have a dream*» à «*Yes we can*», c'est toute la portée du discours politique qui s'inscrit, de l'utopie au réel. Plongée dans l'histoire «ancienne» ou plus contemporaine, cette collection est actuelle, nécessaire. Parce que les mots peuvent et doivent changer le monde. Parce que lire est un acte politique. Parce que demain est fait d'hier.

Qui a dit ?

1- «Il se passe quelque chose quand les gens ne votent plus seulement pour le parti auquel ils appartiennent mais pour les espoirs qu'ils portent en commun. Que l'on soit riche ou pauvre, noir ou blanc, latino ou asiatique, que l'on vienne de l'Iowa ou du New Hampshire, du Nevada ou de la Caroline du Sud, nous sommes prêts à engager ce pays dans une direction fondamentalement nouvelle. Voilà ce qui est en train de se passer en Amérique. Le changement est en marche en Amérique.»

A – Barack Obama.
B – Franklin D. Roosevelt.
C – Martin Luther King.

2- «Je vous le dis aujourd'hui, mes amis, quand bien même nous devons affronter les difficultés d'aujourd'hui et de demain, je fais pourtant un rêve. C'est un rêve profondément enraciné dans le rêve américain.»

A – Barack Obama.

B – Franklin D. Roosevelt.

C – Martin Luther King.

3 - «Nous ne devons pas craindre non plus de faire face honnêtement aux conditions qui sont celles de notre pays aujourd'hui. Cette grande nation supportera les moments difficiles comme elle l'a toujours fait, elle revivra et elle prospérera. [...] Unis vous et moi dans ce même esprit, nous surmonterons nos difficultés communes.»

A – Barack Obama.

B – Franklin D. Roosevelt.

C – Martin Luther King.

(Réponses : 1-A Barack Obama, discours du 8 janvier 2008. 2-B Martin Luther King, discours du 28 août 1963. 3-B Franklin D. Roosevelt, discours du 4 mars 1933.)

Pour en savoir plus :

Figurent également dans la collection «Les Grands Discours» les allocutions célèbres de Léopold Sédar Senghor, Charles de Gaulle, Maurice Barrès, François Mitterrand et Michel Rocard, Nelson Mandela, Yasser Arafat, Yitzhak Rabin, David Ben Gourion, André Malraux...

Goûter un humanisme universel

Khalil Gibran,
Le Prophète

« *V*otre joie est votre tristesse sans masque.
Et le même puits où fuse votre rire fut souvent rempli de vos larmes.
Et comment en serait-il autrement ?
Plus profondément le chagrin creusera votre être, plus vous pourrez contenir de joie. »

Khalil Gibran est né au Liban en 1883. Poète, peintre et philosophe, il voyagea avant de s'installer aux États-Unis où il est mort en 1931. Ses œuvres, traduites de l'arabe comme de l'anglais, sont reconnues dans le monde entier, symboles d'une culture qui dépasse frontières et genres.

Le succès du *Prophète*, long et lumineux poème en prose, publié en 1923, ne s'est jamais démenti. Khalil Gibran y figure un Prophète mystérieux, né de son imaginaire poétique comme de son expérience personnelle de l'exil, délivrant à son peuple qu'il est sur le point de quitter une puissante leçon d'humanisme, universelle comme intime. Liberté, amour et respect tissent un chant lyrique et un appel à vivre qui ont profondément marqué des générations de lecteurs.

Partageons

« Quand l'amour vous fait signe, suivez-le,
Bien que ses voies soient dures et escarpées.
Et lorsque ses ailes vous enveloppent, cédez-lui,

Bien que l'épée cachée dans son pennage puisse vous blesser.

[…]

Comme des gerbes de blé, il vous emporte.

Il vous bat pour vous mettre à nu.

[…]

Toutes ces choses, l'amour vous les fera pour que vous puissiez connaître les secrets de votre cœur et devenir, en cette connaissance, un fragment du cœur de la Vie.

[…]

L'amour ne donne que de lui-même et ne prend que de lui-même.

L'amour ne possède pas, et ne veut pas être possédé ; Car l'amour suffit à l'amour. »

Le saviez-vous ?

Le Sable et l'écume (*Sand and Foam*) de Khalil Gibran, disponible en Points Poésie, a inspiré John Lennon, qui cite un de ses aphorismes dans *Julia* (*The White Album des Beatles*) :

« *Half of what I say is meaningless*
But I say it just to reach you. »

(« *La moitié de ce que je dis est dénuée de sens,*
mais je le dis de façon à ce que l'autre moitié puisse vous atteindre »).

Les œuvres complètes de Khalil Gibran sont disponibles dans la collection « Bouquins » (éditions Robert Laffont).

Trouver le bonheur

Krishnamurti,
Le Sens du bonheur

rishnamurti (1895-1986) est un penseur d'origine indienne. Après une douloureuse expérience de deuil, il comprend la nécessité de laisser «fleurir la souffrance» et de travailler à une libération spirituelle passant par le fait de vivre pleinement l'instant présent, sans «vouloir être», sans fuir ni résister. Sa philosophie échappe aux religions ou aux dogmes. «Libérons-nous du connu!» était son leitmotiv. Multipliant voyages et conférences, dialogues et conversations, Krishnamurti n'impose pas de réponses mais pose des questions et affirme la nécessité de l'ouverture aux autres, de l'écoute.

Le Sens du bonheur le montre dans sa forme même puisque Krishnamurti y répond aux questions de ses interlocuteurs. Ce faisant, il délivre une pensée en mouvement, dans le partage, abordant des notions fondamentales : éducation, bonheur, vérité, amour, liberté. C'est d'ailleurs dans un chapitre consacré à l'écoute qu'il donne tout son sens au mot bonheur, montrant qu'il ne peut apparaître que chez un être libéré de toutes ses chaînes, l'autorité, les traditions, les peurs :

Partageons

«Derrière tout cela [diplômes, mariage, enfants, travail], se cache ce formidable besoin, cette irrésistible envie de trouver le bonheur.

Mais en fait, le bonheur ne vient pas si facilement, car il n'est rien de tout cela. Vous pouvez certes éprouver du plaisir, trouver une nouvelle forme de satisfaction, mais tôt ou tard on s'en lasse, car il n'existe pas de bonheur dans les choses que nous connaissons. Les larmes font suite au baiser, le rire fait place à la souffrance et à la désolation. Tout fane, tout se délite.

Le bonheur ne vient pas lorsqu'on le cherche – là est le plus grand secret – mais c'est facile à dire… Je peux expliquer les choses en quelques mots très simples, mais vous contenter de m'écouter et de répéter ce que vous avez entendu ne va pas vous rendre heureux. Le bonheur est étrange, il vient sans qu'on le cherche. Lorsque vous ne faites pas d'effort pour être heureux, alors, mystérieusement, sans qu'on s'y attende, le bonheur est là, né de la pureté, de la beauté qu'il y a dans le simple fait d'être. [...] La vérité naît lorsque votre esprit et votre cœur sont exempts de toute sensation d'effort et que vous n'essayez plus de devenir quelqu'un ; la vérité est là lorsque votre esprit est très silencieux, qu'il écoute à l'infini tout ce qui se passe. »

Pour en savoir plus :

Philosophe et éducateur, **Krishnamurti** (1895-1986) fut une magnifique figure contemporaine du sage indien. Convaincu que tout changement dans le monde repose sur une révolution spirituelle de chacun d'entre nous, il enseigna avec vigueur les moyens d'accéder à une vraie liberté, en se défaisant de nos chaînes et de nos conditionnements mentaux. Également disponible en Points Sagesses : *La Flamme de l'attention*.

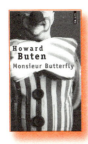

Accepter la différence

Howard Buten,
Monsieur Butterfly

Hoover Sears en a assez de se déguiser en clown pour animer des anniversaires. Il décide alors, contre rétribution financière, de s'occuper de quatre enfants malades à domicile. Harold, Tina, Ralf et Mickey souffrent de handicaps mentaux ou physiques et deviennent vite l'unique raison de vivre de Hoover :

« À l'hôpital des enfants l'autre jour, j'ai senti une vague silencieuse me tomber dessus, tiède et aussi légère qu'un petit garçon, et comme le spectacle de la rue qu'on habite après un long voyage à l'étranger, comme la première nuit où l'on est de retour dans son propre lit, je me suis senti chez moi avec ceux-là, ces enfants-là, [...] et plus jamais je ne serai sans eux. »

Hoover refuse l'accablement comme les solutions simples. « Je crois que les problèmes inhabituels exigent des solutions inhabituelles – à fièvre de cheval, remède de cheval. » Il inscrit ses quatre bambins (un trisomique, un schizophrène, une handicapée motrice, un enfant battu pendant dix ans par son père) à une compétition de ping-pong. Puis met en scène *Madame Butterfly*, donnant pour eux un autre sens au verbe « jouer ». Et toujours, Hoover observe, tente de comprendre de l'intérieur, sans juger, en apaisant.

Mais une commission d'experts le déclare fou et veut lui enlever les quatre gamins. Malgré Tina qui déclare qu'« il rit. Et il nous fait rire aussi. Nous rions tous ensemble. À l'hôpital, personne ne rit jamais. Il est comme nous, vous comprenez». Hoover Sears est effondré : «Vous ne pouvez pas me les reprendre. […] J'ai besoin d'eux. Je suis eux». Y parviendra-t-il ?

Monsieur Butterfly repose sur un sujet «c'est rieux», pour reprendre l'expression de Hoover. Entre rires et larmes, onirisme et réalisme, fantaisie et cruauté, le roman délivre, sans jamais donner de leçon, une immense expérience humaine, pleine de vie, de sensibilité, d'humour. Howard Buten démonte les *a priori*, les renverse. Quand les parents de Tina désignent leur fille par le terme d'«estropiée», le mot «en dit plus long sur eux que sur elle». Howard Buten fait rire, refuse tout misérabilisme et dénonce au passage une société normée et intolérante, les égarements médicaux, les jugements hâtifs. La normalité n'est pas forcément du côté où on l'imagine.

Une lecture profondément bouleversante, qui marque à jamais.

Pour en savoir plus :

Howard Buten, né dans le Michigan en 1950, a été clown dans un cirque ambulant. En 1974, il rencontre Adam Shelton, un enfant autiste. Il consacrera sa vie à tenter de comprendre cette maladie, ses ressorts. Buten est psychologue le jour, clown la nuit sous les traits de Buffo, et écrivain. Il quitte les États-Unis pour Paris et fonde, en 1996, le centre Adam Shelton pour les enfants autistes.
L'expérience de l'auteur auprès des enfants autistes a beaucoup inspiré son œuvre, et notamment le livre pour enfants *Ces enfants qui ne viennent pas d'une autre planète : les autistes* (Gallimard). Il est également l'auteur chez Points de *Quand j'avais cinq ans je m'ai tué*, et du roman qui lui fait suite, *Le Cœur sous le rouleau compresseur*.

Trouver son chemin

Tiziano Terzani,
Le Grand Voyage de la vie

Un père de 66 ans, Tiziano, sentant que « le grand voyage de sa vie touche à sa fin », entreprend de raconter son parcours à son fils, Folco.

« Et si nous nous retrouvions, toi et moi, tous les jours pendant une heure ?
Tu me poserais les questions que tu as toujours voulu me poser, et moi je te répondrais à bâtons rompus, sur tout ce qui me tient à cœur, depuis l'histoire de ma famille jusqu'à celle du grand voyage de la vie. Un dialogue entre un père et son fils, si différents et si proches, un livre-testament que tu devras ensuite mettre en forme.
Ne tarde pas, parce que je ne pense pas qu'il me reste beaucoup de temps. Fais tout ce que tu as à faire et, de mon côté, j'essaierai de survivre pendant quelque temps encore pour ce très beau projet, si tu es d'accord. »

Serein, irradiant d'amour de la vie et des rencontres magiques qu'elle permet, ce père souhaite transmettre ce que ses voyages, ses expériences, ses reportages, lui ont appris d'essentiel : n'avoir qu'un seul désir, « celui d'être soi-même », rire, rêver, s'ouvrir aux autres et aux monde. Un texte apaisant, plein, qui donne un sens au monde et à son histoire et permet de comprendre que la fin est aussi un commencement.
Ce livre est un voyage qui nous mène de l'Italie à New York, de l'Inde à la Chine, au Cambodge ou au Japon,

Partageons

mais aussi dans l'Himalaya où l'ancien reporter s'est longtemps retiré pour méditer, apprendre le «renoncement
aux désirs, qui est la seule vraie forme, la seule grande
forme de liberté qui soit» et comprendre que mourir
n'est pas une fin mais une aventure, l'entrée «dans la vie
du cosmos», une manière de faire «partie du grand tout».

Pour en savoir plus :

Tiziano Terzani (1938-2004) fut une légende du grand reportage. Correspondant du *Spiegel* pendant trente ans, il
parcourut le monde, témoin de grands évènements de notre
histoire (la guerre du Vietnam, le génocide khmer, la Chine
de Mao). Comme il se plaisait à le dire, «ma vie a été un
tour de manège, j'ai eu une chance incroyable et j'ai beaucoup changé». Terzani a été transformé par ses rencontres.
Passionné par l'Asie, il se détache du journalisme dans les
années 1990 et se retire en Inde, puis, atteint d'un cancer,
dans une cabane sur les pentes de l'Himalaya. «Voyager
avait toujours été ma façon de vivre, et maintenant, j'avais
pris la maladie comme un autre voyage, un voyage invo-
lontaire, imprévu, pour lequel je ne disposais d'aucune
carte géographique, auquel je ne m'étais pas préparé, mais
qui, de tous les voyages que j'avais faits jusqu'alors, était
le plus difficile, le plus intense.»

Le Grand Voyage de la vie, livre testament, paraît de manière posthume, en 2006. Il est d'abord paru aux éditions
des Arènes/Intervalles sous le titre *La Fin est mon commencement*. Les éditions Intervalles ont également publié
un livre de photographies de Raghu Rai sur l'Inde, accom-
pagnées des textes de Terzani, *India notes*.

Voyager

Francisco Coloane,
Le Dernier Mousse

« *V*agabond solitaire, Coloane a été péon d'estancia *(ouvrier agricole de grande propriété), châtreur de moutons (avec les dents, naturellement!), dépeceur de baleines, marin... aux portes du cap Horn, avant de devenir... le plus grand écrivain du Chili.* »

Luis Sepúlveda

Alejandro Silva Cáceres, quinze ans, a bravé l'interdit maternel et embarqué, clandestinement, sur la corvette *Général Baquedano*, un vieux bateau qui effectue sa dernière traversée vers le cap Horn et sera désarmé à la fin du voyage. Le père d'Alejandro, marin, est mort dans le naufrage de l'Angamos, son frère a disparu, Alejandro voudrait le retrouver.

Alejandro, *pavo* (passager clandestin), est partagé entre la peur, l'envie de suivre les traces de son père et sa propre passion de la mer. Engagé comme mousse, il subit les moqueries de l'équipage, les rats, les tempêtes, la violence du Grand Sud. Mais il lutte, résiste, découvre la beauté extrême de la Terre de Feu.

« Quand, habillé en mousse, avec son petit calot blanc de travail, il monta sur le pont pour se présenter à ses supérieurs, il était très ému. Il se sentait un vrai marin. Son grand rêve s'était réalisé. Le sang de son père revivait sur l'océan. Il respira l'air salé à pleins poumons, regarda la fine proue de son bateau et décida que ce qu'il aimait le plus au monde, après sa mère, était le *Baquedano*.

Le vieux navire semblait avoir une âme. Sa belle figure de proue relevait la tête, scrutant les horizons lointains, et fendait avec fougue le grand jardin d'écume et de vagues. Pour son dernier voyage un nouveau fils lui était né en pleine mer : Alejandro Silva, le dernier mousse du *Baquedano*, surgi de ses entrailles comme du fond noir de l'océan. »

Le Dernier Mousse est un récit initiatique qui mêle la force épique de l'univers marin et la beauté sauvage et glacée des paysages. Une histoire d'hommes, de mer, de lutte contre soi et les éléments, mais aussi une renaissance : « Nous sommes comme la glace : la vie nous fait parfois chavirer et nous changeons de forme. »

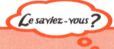

Le saviez-vous ?

Francisco Coloane (1910-2002) est le fils d'un capitaine baleinier, mort en mer. Il a exercé toutes sortes de métiers, de marin à journaliste. C'est en 1941 qu'il publie son premier roman, *Le Dernier Mousse*. Il resta un voyageur inlassable, l'un des écrivains les plus importants du Chili. En 1973, c'est lui qui prononça l'éloge funèbre de Pablo Neruda.

Luis Sepúlveda a lui aussi consacré un roman à ces traversées épiques vers le cap Horn, ces navigations difficiles au milieu des icebergs, des tempêtes, à ces légendes tant maritimes qu'humaines. *Le Monde du bout du monde* (Points) est un hymne à la beauté sauvage de la Terre de Feu, un rite de passage : « Après vingt-quatre ans d'absence je revenais au monde du bout du monde. »

Lettres à un vieux poète

Antonio Skármeta,
Une ardente patience (Le Facteur)

Mario Gimenez, jusqu'alors pêcheur, décide, en janvier 1969, de changer d'emploi. Il devient facteur et parcourt, à bicyclette, l'île Noire. Il n'aura qu'un seul « client », mais lequel ! Le grand poète Pablo Neruda qui reçoit tous les jours des kilos de courrier. Leur relation est d'abord banale, et Mario ne peut « se défaire de cette impression qu'à chaque fois qu'il tirait la sonnette, il assassinait l'inspiration du poète juste au moment où celui-ci allait accoucher d'un vers génial ». Peu à peu des liens se nouent, des conversations autour de la poésie, des livres, de la littérature :

Partageons

« Au Chili, tout le monde est poète. Tu seras plus original en restant facteur. Au moins tu marches beaucoup et tu n'engraisses pas. Au Chili, tous les poètes ont du ventre, moi comme les autres. »

Ironie, tendresse, échanges : une amitié, à la vie, à la mort, est née. Mario s'ouvre à la poésie et à la magie des mots, à leur rythme, aux métaphores. Et lorsque Mario tombe amoureux de Béatriz, Pablo Neruda aide son ami à la séduire. Béatriz et Mario se marient. Salvador Allende devient président, soulève les espoirs d'un peuple et nomme Neruda ambassadeur à Paris… Le roman d'Antonio Skármeta suit la courbe de l'histoire, de l'espoir à la tragédie : la mort du président, de la démocratie chilienne et de Pablo Neruda.

Mais les mots restent, ils ne meurent pas, comme l'illustre le titre de ce roman, citation d'un vers de Rimbaud : « À l'aurore, armés d'une ardente patience, nous entrerons aux splendides villes. » Neruda, dans son discours de réception du prix Nobel de littérature, commenta ainsi ces vers :

« Je crois en cette prophétie de Rimbaud, le voyant. Je viens d'une obscure province, d'un pays séparé des autres par un coup de ciseaux de la géographie. J'ai été le plus abandonné des poètes et ma poésie a été régionale, faite de douleur et de pluie. Mais j'ai toujours eu confiance en l'homme. Je n'ai jamais perdu l'espérance. Voilà pourquoi je suis ici avec ma poésie et mon drapeau.

En conclusion, je veux dire aux hommes de bonne volonté, aux travailleurs, aux poètes, que l'avenir tout entier a été exprimé dans cette phrase de Rimbaud : ce ne sera qu'avec une ardente patience que nous conquerrons la ville splendide qui donnera lumière, justice et dignité à tous les hommes.

Et ainsi la poésie n'aura pas chanté en vain. »

Comme l'illustre, encore, la passion que Neruda transmet à Mario, cette passion des mots et métaphores, les plus belles armes qui soient : « La poésie n'appartient pas à celui qui l'écrit, mais à celui qui s'en sert. »

Cinéma

Une ardente patience, chef-d'œuvre du romancier chilien Antonio Skármeta, a été adapté au cinéma par Michael Radford, sous le titre *Le Facteur (Il Postino)*. Philippe Noiret y tient le rôle de Pablo Neruda, et Massimo Troisi, celui du facteur.

Pour en savoir plus :

Antonio Skármeta est né en 1940 au Chili. En 1973, alors professeur à l'université de Santiago, il doit s'exiler à la suite du putsch du général Pinochet. Scénariste et écrivain, il a vécu aux États-Unis et en Europe, principalement en Allemagne, où il enseigna le cinéma à Berlin. En 2003, à l'occasion du centenaire de la naissance de Pablo Neruda, il publie une biographie en hommage à son ami, prix Nobel de littérature en 1973, dressant un parallèle fécond entre la vie, l'œuvre et les engagements politiques de l'écrivain.

Antonio Skármeta est également l'auteur en Points de *T'es pas mort*. *Neruda par Skàrmeta*, la biographie qu'il écrivit en hommage à son ami poète, a été publiée en 2006 aux éditions Grasset. Vous pouvez découvrir les poèmes de Pablo Neruda dans la collection « Poésie » chez Gallimard.

Partageons

Vaincre l'oubli

Luis Sepúlveda,
La Lampe d'Aladino

« *É*crire, c'est former des lettres qui, à leur tour, forment des mots et, avec les mots, je peux raconter tout ce que j'ai vu. »

Douze histoires « pour vaincre l'oubli », qui surgissent de la lampe d'Aladino, comme par magie. Douze récits dont Sepúlveda a le secret, des vies insolites et signifiantes, une galerie de personnages inoubliables comme Aladino, Palestinien exilé à Puerto Éden, un chasseur de trésors, un marin amoureux, une femme du café Miramar d'Alexandrie, un fabriquant de miroirs dans un hôtel progressivement envahi par la forêt et même, comme un retour, un souvenir en partage avec les lecteurs, le Vieux qui lisait des romans d'amour.

Sepúlveda nous transporte, au sens le plus plein du terme, de l'Amazonie à l'Europe, au cœur de la mémoire et de l'exil. Mêlant les cultures du monde, invention et réel, souvenirs fictifs et personnels, il nous offre douze romans en miniature, tantôt farfelus et drôles, tantôt bouleversants. Il dit ses espoirs mais aussi ses colères (les répressions militaires, le capitalisme…), converse avec le fantôme de poètes morts, célèbre la puissance infinie du verbe, qui peut tout dire, résister, comme cet arbre, au centre du recueil, qui s'élève « dans la plus rebelle des verticalités » :

« Sur l'île Lenox, il y a un arbre. Un. Indivisible, vertical, irréductible dans sa terrible solitude de phare inutile et vert dressé dans la brume des deux océans.

[...] [Les autres arbres] ont succombé l'un après l'autre avec la logique des malédictions marines. [...] Il n'en reste plus qu'un dans l'île. L'arbre. Le Mélèze. [...] Et il grandit. Et il attend.

Dans la steppe polaire, d'autres vents aiguisent leur faux de glace, elle arrivera jusqu'à l'île, mordra inexorablement son tronc, et quand sonnera son heure, avec lui mourront définitivement les morts de sa mémoire.

Mais en attendant sa fin inéluctable, il reste sur l'île, vertical, altier, fier, comme l'indispensable étendard de la dignité du Sud. »

Pour en savoir plus :

C'est l'éditrice Anne-Marie Métailié qui a découvert Sepúlveda en France. Elle a récemment publié *L'Ombre de ce que nous avons été*. Ses best-sellers, traduits dans le monde entier, *Le Vieux qui lisait des romans d'amour*, *Journal d'un tueur sentimental* et *Rendez-vous d'amour dans un pays en guerre*, sont disponibles en Points.

Partageons

Célébrer la pureté

Maxence Fermine,
Neige

« *L*a neige est blanche. C'est donc une poésie.
Une poésie d'une grande pureté.
Elle fige la nature et la protège. C'est donc une
peinture. La plus délicate peinture de l'hiver.
Elle se transforme continuellement. C'est donc une
calligraphie. Il y a dix mille manières d'écrire le mot
neige.
Elle est une surface glissante. C'est donc une danse.
Sur la neige tout homme peut se croire funambule.
Elle se change en eau. C'est donc une musique. Au
printemps, elle change les rivières et les torrents en
symphonies de notes blanches. »

*N*eige est placé sous le signe de Rimbaud, « Rien
que du blanc à songer »… La note est donnée,
tout sera sous le signe onirique, sensuel et
éclatant de la poésie et de la neige.
Yuko Akita a deux passions : le haïku et la neige. Dans
le Japon raffiné du XIXe siècle, il refuse la voie tracée
par la tradition familiale : il ne sera ni guerrier ni prêtre mais poète. À son père qui lui déclare que la poésie
n'est pas un métier mais « un passe-temps », Yuko répond que, justement, il veut « apprendre à regarder passer le temps », le saisir dans sa fugacité, sa plénitude, sa
beauté : « Ne rien enjoliver. Ne pas parler. Regarder et
écrire. En peu de mots. Dix-sept syllabes. Un haïku. »
   Neige est un roman d'initiation : celui du jeune Yuko
se retirant « du monde pour mieux s'en étonner », dé-

couvrant la sensualité, l'amour dans la violence des sens, l'infinité variété des blancs. Remarqué par le poète de la Cour Meiji, Yuko apprend la poésie comme art absolu – «c'est un poème, une calligraphie, une peinture, une danse et une musique tout à la fois» – auprès du vieux maître Soseki, aveugle, qui perçoit donc aussi ce que «tes yeux ne peuvent voir». Avec lui, Yoki apprend à déchiffrer l'invisible, un sur-réel. Il devient un «voyant», au sens rimbaldien du terme. Il apprend l'histoire du maître, son amour pour Neige, une Européenne, née à Paris, funambule, qui a parcouru le monde sur un fil, il découvre l'absolu et l'amour.

Neige est un roman sur et de l'équilibre. Comme un fil tendu, obsédant, épuré. Un texte magique, concis, sur la quête de l'absolu, qu'il soit poétique ou amoureux.

Pour en savoir plus :

Maxence Fermine est né en 1968. *Neige* est son premier roman, paru en 1999. Il en a publié une dizaine depuis, dont *L'Apiculteur*, *Opium*, *Billard Blues*, *Amazone*, *Tango Massaï*, *Le Labyrinthe du temps* (tous disponibles dans la collection «Le Livre de Poche») et le superbe *Violon noir*, en Points, qui narre la vie de deux personnages épris d'absolu, le musicien Johannes Karelsky et Erasmus, un luthier féru d'échecs. Tous deux sont en quête d'un absolu, un violon noir qui reproduirait la voix envoûtante d'une femme.

Partageons

Des livres bons pour le moral ?

Certains des titres choisis pour ce guide pourraient sembler décalés, voire hors sujet : est-ce vraiment bon pour le moral que Guy Bedos évoque la maladie et la mort dans *Le Jour et l'Heure*, que Howard Buten raconte le difficile apprentissage du handicap par le clown Hoover, que Philippe Jaenada narre les côtés les plus sombres et dérangés de Néfertiti, que Tiziano Terzani dans *Le Grand Voyage de la vie* ouvre son dialogue avec son fils par sa mort annoncée ? Oui.

Il ne faut pas s'arrêter à ces sujets, manifestement sombres et graves, mais plonger dans ces textes pour découvrir combien leur humanité emporte, fait du bien, console et rend meilleur. Chacun de ces textes est d'ailleurs empreint d'un esprit de « c'est rieux », pour reprendre l'expression de Howard Buten dans *Monsieur Butterfly*. Des sujets sérieux, mais une écriture rieuse, un traitement qui passe par l'humour, par le refus du pathos ou de l'apitoiement larmoyant.

Certes, les quatre enfants que Hoover entraîne dans de folles aventures ont des handicaps moteurs ou mentaux, la vie ne les a pas épargnés. Mais le clown n'a qu'un but : les faire rire, aller au-delà de leur handicap, l'observer mais le dépasser. Et ce faisant, transformer notre regard sur le monde et ses misères.

Le chapitre de *Monsieur Butterfly* qui voit Hoover et les quatre gamins partir pour une compétition de ping-pong dans un minibus poussif est drôle, profondément décalé. Hoover achète quatre sacs de sport orange vif et fait broder « Lésions cérébrales » sur les côtés :

« Sans trop savoir pourquoi, j'avais le sentiment que la vue de mon équipe portant des sacs de même couleur avec " lésions cérébrales " écrit dessus conférerait à coup sûr l'avantage psychologique qui est si nécessaire dans les compétitions d'État. »

Dans le minibus, tout le monde chante, puis :

« Quelques minutes après le départ, j'ai distribué les raquettes. J'estime que les joueurs devraient ne faire qu'un avec leur équipement, apprendre à bien sentir la poignée dans la main. J'ai voulu faire la démonstration de la technique appropriée pour renvoyer un coup droit smashé mais personne n'a eu l'air de s'y intéresser.
— C'est exactement le genre de dilettantisme qui a perdu l'équipe japonaise aux championnats du monde de 56, dis-je. Il n'y a aucune énergie positive dans cette aventure. »

Comment ne pas sourire à la lecture d'un tel passage ? Comment ne pas comprendre qu'une part du bonheur se trouve non dans la négation du handicap mais dans une forme de refus qui passe par l'humour, le second degré ?
Guy Bedos le montre très bien dans son drôle de premier roman, *Le Jour et l'Heure*, écrit à près de 75 ans : choisir l'heure de sa fin, ne pas subir la maladie est pour son personnage « une tentative de résistance à l'ordre établi que je m'impose (droit de mourir dans la dignité, certes, mais d'abord droit de VIVRE dans la dignité) ». Une « résistance » qui passe, elle aussi, par le rire, par un gai savoir… *Le Jour et l'Heure* est un hymne à l'amour et au temps présent, une leçon de vie et de liberté.
Ces textes plus sombres en apparence, de fait pro-

Partageons

fondément marquants, enthousiasmants, qui nourrissent et inspirent, ne sont pas sans rappeler le magnifique *Où on va, papa ?* de Jean-Louis Fournier (Livre de poche). Écrivant sur ses deux fils handicapés, ses lutins, « deux petits mioches cabossés », Fournier montre combien le rire est salvateur, il refuse la sinistrose comme les grandes leçons théoriques. L'humour est une raison de vivre, alors même que tout espoir pourrait sembler refusé. Jean-Louis Fournier a été, entre autres, le réalisateur de *La Minute nécessaire de Monsieur Cyclopède*. Dans *Où on va, papa ?*, il évoque Pierre Desproges, son ami, qui vint avec lui chercher son fils Thomas à l'Institut médico-pédagogique : « Cette visite l'a beaucoup remué. […] Lui qui adorait l'absurde, il avait trouvé des maîtres. »

Affronter le monde, c'est bon pour le moral, lorsque l'on mesure la force, l'humanité, la présence de ces textes.

4/ Jouissons

P hilippe Delerm, dans sa fameuse *Première Gorgée de bière* (L'Arpenteur/Gallimard), dressait une liste poétique de 34 plaisirs minuscules du quotidien. Dans son sillage, faisons de cette dernière partie du livre un inventaire, à la Prévert, de ces menus plaisirs des sens, jouissances intimes et littéraires : de la sensualité des haïkus, passons à la magie des expressions de nos grands-mères, si savoureuses, ou à la douceur des chats, compagnons d'inspiration et d'écriture. Un arrêt en cuisine, avec Agnès Desarthe, avant de chercher *Le Bonheur en Provence*, avec l'irrésistible Peter Mayle, ou *en Garonne* à l'invitation de Philippe Delerm, justement. Badinage et gros câlins sont aussi au programme, comme tous ces *Mots d'amour secrets,* que nous dévoilent Jacques Perry-Salkow et Frédéric Schmitter. Et tout cela, sans quitter votre fauteuil ! Car toutes les promesses qui ont égrené notre parcours – rire, dédramatiser, partager, jouir – sont contenues dans un seul verbe : *Bouquiner*, dont Annie François déploie tous les possibles dans le superbe livre qui clôt notre guide.

À chaque saison

Haïkus,
anthologie

« *C'était cela un haïku. Quelque chose de limpide.*
De spontané. De familier.
Et d'une subtile ou prosaïque beauté.
Cela n'évoquait pas grand-chose pour le commun des
mortels. Mais pour une âme poétique, c'était comme
une passerelle vers la lumière divine. Une passerelle
vers la lumière blanche des anges. »

Maxence Fermine, Neige

Le haïku est un genre littéraire japonais extrêmement codifié : « un court poème composé de trois
vers et de dix-sept syllabes, pas une de plus »
(Maxence Fermine, *Neige*). Il prend les saisons pour
sujet et vise la saisie d'un instant, d'une sensation, dans
son apparition et son évidence. Le haïku, dans son écriture comme sa lecture, est un exercice spirituel, une expérience proche du *satori* (illumination). Dans un
mouvement qui est celui du suspens puis de la révéla-
tion, le haïku célèbre la beauté du monde, se fait image
et son sens dépasse très largement sa brièveté. Comme
un silence plein, aussi précis qu'intense, se prolongeant
en nous. Cette anthologie nous invite à un voyage au
fil de saisons mentales.

PRINTEMPS
   Premier lever de soleil
   il y a un nuage
   comme un nuage dans un tableau (Shusai)

Glace et eau
leur différence résolue
de nouveau sont amies (Teishitsu)

ÉTÉ

Ondulante serpentante
la brise fraîche
vient à moi (Issa)

La brise fraîche
emplit le vide ciel
de la rumeur du pin (Onitsura)

AUTOMNE

Soir d'automne
il est un bonheur aussi
dans la solitude (Buson)

Se détachant dans le soir
sur le pâle ciel bleu
rang sur rang les montagnes d'automne (Issa)

HIVER

La tourmente d'hiver
à la fin s'abolit
dans le bruit de la mer (Gonsui)

Quand je pense que c'est ma neige
sur mon chapeau
elle semble légère (Kikaku)

Pour en savoir plus :

Dans la suite des haïkus, Points Poésie propose *L'Anthologie du rouge aux lèvres*, qui regroupe l'œuvre d'une quarantaine de femmes haïjins, pour découvrir la sensualité de la poésie féminine japonaise, mais aussi sa gravité.

Jouissons

Des mots comme des madeleines

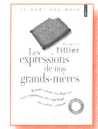

Marianne Tillier,
*Les Expressions
de nos grands-mères*

« En voiture, Simone ! » Tout le monde connaît cette expression surannée mais qui pourrait dire son origine ? Qui sait également qu'elle se prolonge par « C'est moi qui conduis, c'est toi qui klaxonnes ! » Marianne Tillier consacre un volume succulent à ces « expressions de grands-mères », explicite leur histoire et restitue tout leur sens, dans un texte délicieusement nostalgique qui rend hommage à l'inventivité de la langue. Un livre à dévorer comme une madeleine de Proust, ou un petit-beurre, en grignotant les coins ! Un livre **croquignolet★** en diable…

★ « *Les croquignoles* sont de petits gâteaux secs qui croquent sous la dent. *C'est croquignolet*, par extension, est devenu synonyme de *C'est charmant*. »

« En voiture, Simone ! » fait référence à Simone-Louise de Pinet de Borde qui, son permis en poche (1929), se lança dans la compétition automobile et participa à de nombreux rallyes jusqu'en 1957, avant de tenir une auto-école. L'expression existante fut popularisée par Guy Lux interpellant Simone… Garnier dans *Intervilles*.

Le Quizz des grands·mères

Connaissez-vous l'origine de ces expressions de grands-mères ?

1 – Être trempé comme une soupe.

2 – C'est un sacré loustic !

3 – Il a fait tintin.

4 – S'il n'existait pas, il faudrait l'inventer !

5 – Il s'est fait blackbouler.

(Réponses :

1- Une soupe, au XVIIIe siècle, désignait une tranche de pain trempée dans un bouillon de légumes.

2- Loustic vient de l'allemand *lustig*, gai. Le terme désignait un bouffon attaché aux régiments suisses, dévolu à la distraction des troupes en campagne militaire.

3- Aucun rapport avec le reporter créé par Hergé. Au XVIe siècle, « faire tintin » signifiait « payer en espèces sonnantes », en référence au bruit des pièces de monnaie. L'expression s'est perdue jusqu'au XXe siècle où elle a pris le sens de « ne pas obtenir ce que l'on souhaitait ».

4- L'exclamation fait référence à une lettre de Voltaire, en 1770, écrivant à Bernard-Joseph Saurin, « Si Dieu n'existait pas, il faudrait l'inventer », et désigne, par boutade, une personne qui sort de l'ordinaire.

5- Blackbouler est un verbe dérivé de l'anglais, entré dans notre langue au XIXe siècle. Il fait référence aux clubs britanniques où l'on votait pour l'admission d'un nouveau membre, à l'aide de boules de couleur : une majorité de blanches et le candidat était retenu, une majorité de noires et il était rejeté.)

Jouissons

Chats d'écrivains

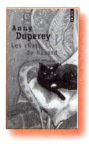

Anny Duperey,
Les Chats de hasard

« *L*es chats, c'est comme le papier,
ça se froisse très vite. »

Maupassant

« *Q*uelqu'un m'a dit une fois que la qualité des relations intimes avec les chats était fonction du
temps passé en leur compagnie. Ce que je n'ai aucune
peine à croire pour l'avoir expérimenté et qui explique
sans doute le commerce privilégié des écrivains et des
chats. »

Denis Grozdanovitch, *Petit Traité de désinvolture*

Les écrivains aiment les chats. Ils les accompagnent
et les inspirent : inquiétants chez Poe, voyous pour
Boris Vian et dansant « comme des dingues » sur
La Java des Pussy-Cats, fantastiques chez Lovecraft qui
leur consacra *21 histoires*, indispensables pour Jacques
Sternberg (*Contes glacés*) :

« Au commencement, Dieu créa le chat à son image. [...]
Mais le chat était paresseux. Il ne voulait plus rien faire.
Alors, plus tard, après quelques millénaires, Dieu créa
l'homme. Uniquement dans le but de servir le chat, de
lui servir d'esclave jusqu'à la fin des temps. [...]
L'homme inventa des millions d'objets inutiles,
généralement absurdes, tout cela pour produire paral-
lèlement les quelques objets indispensables au bien-être

du chat : le radiateur, le coussin, le bol, le plat à sciure, le pêcheur breton, le tapis, la moquette, le panier d'osier, et peut-être aussi la radio puisque les chats aiment la musique. »

Pour Anny Duperey, les chats sont « de hasard », dans un « livre doux » qui mêle amour des félins et confessions intimes :

« Pas vraiment sur les bêtes mais plutôt autour, à propos des rapports que nous avons avec certaines d'entre elles. Pourquoi avons-nous une telle faim de leur tendresse, de leurs qualités particulières ? Envie de rendre hommage, aussi, à ces personnes animales rares qui accompagnent parfois un temps notre existence et y apportent paix et simplicité. »

Le saviez-vous ?

En cuisine !

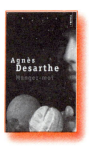

Agnès Desarthe,
Mangez-moi

« *Suis-je une menteuse ? Oui, car au banquier, j'ai dit que j'avais fait l'école hôtelière et un stage de dix-huit mois dans les cuisines du Ritz.* »

La cuisine fait partie des petits plaisirs quotidiens : préparer les plats, la table, réunir des amis, échanger autour d'un bon vin ou d'une recette inventive mais aussi s'ouvrir à des inconnus, en créant un blog (comme Julie Powell dans *Julie & Julia*, roman disponible en Points et adapté au cinéma avec Meryl Streep) ou un restaurant (comme Myriam, l'héroïne d'Agnès Desarthe). La cuisine est un puissant antidépresseur, tout comme les romans qui la mettent en scène. Mais êtes-vous plutôt *Mangez-moi* ou *Julie & Julia* ?

Vous le saurez en répondant à ce quizz…

Quizz culinaire

1 - Avant de vous mettre aux fourneaux, vous êtes plutôt du genre :

A - À prendre des cours à l'école du Cordon bleu, 129 rue du Faubourg-Saint-Honoré.

B - À vous passer de diplômes. « D'une main je lie une sauce tandis que, de l'autre, je sépare les blancs des jaunes et noue des aumônières. »

2 - Votre première recette serait :

A - Potage Parmentier.

B - Tarte au chocolat, poivre et poire.

3 - Vous préférez :

A - La cuisine française.

B - « Toutes les recettes que j'ai inventées, celles que j'ai transformées, celles que j'ai déduites. »

4 - Vous mourez d'envie de devenir experte en :

A - Ris de veau, fraisage, crème au beurre Ménagère et Reine de Saba.

B - Artichauts à l'orange, mousse praline-framboises et tapas « petit carré de pain d'épice orné de chèvre et de poire rôtie, foie de volaille au porto sur tranche de pomme de terre et confiture d'oignons, petit rouleau de trévise au miel et au haddock ».

5 - Laquelle de ces deux phrases vous définit le mieux :

A - « J'ai mis du temps à le comprendre, mais ce qui m'attirait dans *L'Art de la cuisine française*, c'est l'arôme profondément enfoui de l'espoir et la découverte de l'épanouissement. Je croyais que j'utilisais le Livre pour apprendre la cuisine française, mais en réalité j'apprenais à détecter les portes secrètes de mes possibilités. »

B - « Je cuisine avec et par amour. »

Jouissons

(Réponses :

Vous avez une majorité de A :

Vous êtes plutôt « sexe, blog et bœuf bourguignon » : c'est-à-dire *Julie & Julia*. Pour vous, la route de l'enfer est pavée de poireaux et de pommes de terre et la cuisine une manière de vous échapper de vos tracas quotidiens et de les partager avec humour. Avant de vous lancer, comme l'auteur, un pari insensé – réaliser en un an les 524 recettes de *Mastering the Art of French Cooking* (*L'Art de la cuisine française*) de Julia Child –, vous pouvez plonger dans *Julie & Julia*.

Vous avez une majorité de B :

Vous aimez la cuisine atypique et inventive. « Ce n'est pas seulement que je m'adapte facilement, c'est que m'adapter m'exalte. » *Mangez-moi* a été écrit pour vous. Vous y suivrez les aventures de Myriam, qui décide d'ouvrir son restaurant. Passées les premières angoisses, elle constate avec surprise que *Chez moi* devient un rendez-vous incontournable, prétexte à une galerie de portraits magnifiques. Agnès Desarthe fait de ce restaurant l'espace des échanges, de la construction des identités et de son roman un clin d'œil savoureux à *Alice au pays des merveilles*.)

Pour en savoir plus :

Née à Paris, en 1966, **Agnès Desarthe** parle arabe, russe et yiddish et a écrit de nombreux romans. Sont notamment parus en Points *Les Bonnes intentions*, *Quelques minutes de bonheur absolu* et *Un secret sans importance*, qui a reçu le prix du Livre Inter en 1996.

Voyages : première escale

Peter Mayle,
Le Bonheur en Provence

« *À peine avais-je posé le pied sur la terre du Luberon, que le spectacle d'un homme occupé à laver ses caleçons au jet me fit comprendre les différences culturelles et autres, qui existent entre l'ancien et le nouveau monde.* »

Retour en Provence, dans le Luberon, après quatre années à Long Island, pour Peter Mayle, sa femme et ses chiens. Anglais d'origine, ayant beaucoup vécu en Amérique, l'écrivain a pourtant ressenti le « mal du pays », de sa terre d'adoption, d'élection et d'écriture, la Provence.

« On considère généralement comme une erreur de revenir en un lieu où on a été heureux. On sait que la mémoire sélectionne, qu'elle fait ses choix sentimentaux, qu'elle trie ce qu'elle veut garder, qu'elle regarde le passé avec des lunettes roses : les bons moments deviennent magiques, les mauvais moments s'effacent et finissent par disparaître pour ne laisser qu'un souvenir vague et enchanteur de journées ensoleillées, du chant des cigales et du rire des amis. Était-ce vraiment comme ça ? […] Il n'y avait vraiment qu'une façon de s'en assurer. »

Chroniques d'un retour, *Le Bonheur en Provence* est un recueil d'anecdotes jubilatoires, un pont jeté avec malice entre l'ancien et le nouveau continent, un guide chaleureux et tendre des saveurs provençales, des meil-

leures adresses de la région, une rencontre haute en couleur avec ses habitants, le tout délicieusement saupoudré d'une causticité purement *british*.

Do you know Marseille ?

Toutes les réponses sont extraites du chapitre « Petit guide à l'usage de ceux qui ne connaissent pas Marseille » du *Bonheur en Provence*.
– À quand remonte la fondation de la cité phocéenne ?
– Que signifie la phrase, prononcée avé l'assent :
« L'avillon, c'est plus rapide que le camillon, même si y a pas de peuneus. »
– Qu'est-ce que le château d'If ?

(Réponses :

1- « D'après la légende – conservée et embellie à n'en pas douter par le goût des Marseillais pour les belles histoires –, la ville fut fondée sur l'amour. 599 ans avant J.-C., un navigateur phocéen du nom de Protis accosta juste à temps pour participer à un banquet nuptial donné par le roi local qui s'appelait Nann. Au cours de ce banquet, Gyptis, la fille du roi, décida en jetant un coup d'œil au jeune navigateur qu'il lui était destiné. La décision fut réciproque et on assista à un véritable coup de foudre. Comme cadeau de mariage, le roi offrit à l'heureux couple 60 hectares de terrain en front de mer pour y bâtir leur maison. Ainsi naquit Marseille. La ville n'a cessé depuis d'être habitée, et en 26 siècles, la population est passée de deux personnes à plus d'un million. »

2- « L'avion va plus vite que le camion, même s'il n'y a pas de pneus. La phrase en français est relativement simple, mais assaisonnée à la marinade marseillaise, elle devient incompréhensible. Imaginez les difficultés de compréhension quand la phrase énoncée relève de la pure invention locale comme : "C'est un vrai cul cousu." La traduction polie désigne un homme dépourvu du sens de l'humour et qui sourit très rarement. Si, outre son humeur morose, on considère que le malheureux est gravement dérangé, alors « il est bon pour le cinquante-quatre », allusion au tramway numéro 54, lequel s'arrêtait alors à l'hôpital psychiatrique. »

3- « Version primitive d'Alcatraz », le château d'If fut construit au XVIe siècle sur une petite île « pour maintenir les indésirables à bonne distance de la ville ». « C'est un décor qu'on aurait pu imaginer comme cadre d'un roman : il n'est donc pas surprenant que le plus célèbre prisonnier du château d'If, le comte de Monte-Cristo, n'ait jamais existé. C'est Alexandre Dumas Père qui l'inventa et il ne put assister de son vivant à la reconnaissance de son œuvre lorsque, ne voulant pas décevoir les lecteurs, les autorités proposèrent au public la visite de la cellule officielle du comte de Monte-Cristo. »

Pour en savoir plus :

Peter Mayle est britannique, il fut publicitaire à New York avant de s'installer dans le Luberon pour écrire. En 1993, *Une année en Provence*, son premier livre, devient un best-seller mondial. Onze ans plus tard, il écrit *Le Bonheur en Provence*. Il est aussi l'auteur du *Dictionnaire amoureux de la Provence* (éditions Plon). En un mot, *Provence toujours* ! Son cinquième roman, *Un bon cru*, a été adapté au cinéma, en 2006, par son voisin de vacances et ami… Ridley Scott, sous le titre *Une grande année*, avec Russell Crowe et Marion Cotillard.
Peter Mayle est également l'auteur chez Points d'*Aventures dans la France gourmande* (avec sa fourchette, son couteau et son tire-bouchon), des *Confessions d'un boulanger*, d'*Une vie de chien* ou d'*Hôtel Pastis*.

Voyages : seconde escale

Philippe Delerm,
À Garonne

« *S e laisser submerger. Écrire c'est cela. Retrouver
un état d'enfance où l'on se laisse submerger.* »

Innombrables sont les lecteurs à avoir partagé une
Première gorgée de bière et *autres plaisirs minuscules* avec
Philippe Delerm (L'Arpenteur/Gallimard). Vous,
moi, « on » était convié aux bonheurs quotidiens les plus
insignifiants en apparence, à se griser de « bulles de temps
pur » (*Sundborn*, Folio). Philippe Delerm aime les instants
qui échappent au temps perdu, les moments retrouvés, en
témoigne *À Garonne*, sans doute son livre le plus person-
nel, un retour sur les lieux et êtres de son enfance, ses étés
à Malause, dans la maison de ses grands-parents, où se retrouve encore sa famille, toutes générations confondues.
  « Nous partions "À Garonne" comme on dirait à
Brocéliande, sous l'empire d'un pouvoir », lieu originel
et magique, « enjeu identitaire, le rattachement aux
vraies racines ». Philippe Delerm se livre à un *Je me sou-
viens* : les almanachs, la bicyclette, l'atelier, pépé Cou-
laty, le puits, les cahiers de vacances et « l'ennui infini »
des siestes, la lenteur, le canal et la pêche, le platane…
Tout est musique de l'enfance et de l'adolescence, par-
tagées, enchantées. Cette maison, dont l'écrivain restitue quelques pages intimes, concentre l'histoire de la
famille Delerm, de son nom même (avec un –h, Delherm, du « grec *heremos* signifiant terre inculte, terre en
friche » : « Delherm. Je découvris trop tard la forme
"réelle" de mon nom : j'avais déjà publié plusieurs livres,

et changer l'orthographe de mon patronyme "en cours de route" n'aurait guère eu de sens. Mais je me sens Delherm, d'une terre en friche.»

Le passé se mêle au présent, les réminiscences sont à l'image des méandres de la Garonne : «Je la revois dans des bleus gris changeants, des verts de serpent inquiétant, le courant entraînant les reflets du ciel dans son vertige. L'été immobile trouvait sa négation.»

Pour en savoir plus :

Vous connaissez **Philippe Delerm** écrivain. Depuis septembre 2006, il dirige aussi la collection «Le Goût des mots» chez Points. Plus qu'une collection, une passion : «Les mots nous intimident. Ils sont là, mais semblent dépasser nos pensées, nos émotions, nos sensations. Souvent, nous disons : "Je ne trouve pas les mots". Pourtant, les mots ne seraient rien sans nous. Ils sont déçus de rencontrer notre respect, quand ils voudraient notre amitié. Pour les apprivoiser, il faut les soupeser, les regarder, apprendre leurs histoires, et puis jouer avec eux, sourire avec eux. Les approcher pour mieux les savourer, les saluer, et toujours un peu en retrait se dire je l'ai sur le bout de la langue – le goût du mot qui ne me manque déjà plus.»
Il a publié, à l'occasion des deux ans de la collection, *Ma grand-mère avait les mêmes, Les dessous affriolants des petites phrases.*

Philippe Delerm, né en 1950, voue son écriture à la restitution d'instants fugitifs, à l'intensité des sensations d'enfance. Il a également publié en Points *Fragiles* (2001), textes qui répondent aux aquarelles de sa femme Martine Delerm.

Farniente (en apparence)

Denis Grozdanovitch,
*Petit Traité
de désinvolture*

Il ne faudrait pas se fier au titre d'un des livres de Denis Grozdanovitch, *L'Art difficile de ne presque rien faire*, il serait plutôt un maître dans *L'Art de prendre la balle au bond*. L'écrivain a en effet d'abord été champion de France junior de tennis (1963), champion de France de squash (de 1975 à 1980) et de courte paume ! Il est aussi diplômé de l'Institut des hautes études cinématographiques (IDHEC), joueur d'échecs et l'auteur de *Brefs aperçus sur l'éternel féminin*. Durant toutes ces années, il tient des carnets de notes, qu'il songe enfin, un jour, à rassembler et publier.

C'est en 2002 qu'il publie son *Petit Traité de désinvolture*, couronné par le prix de la Société des gens de lettres, « où il est question du dilettantisme et de la désinvolture, du temps et de la vitesse, des îles et du bonheur, du sport et de la mélancolie… mais aussi des chats, des tortues et des Chinois » parce que, comme le déclare Charles Albert Cingria cité en épigraphe du livre, « il n'y a rien de plus fructueux ni de plus amusant que d'être distrait d'une chose par une autre chose ».

Ce *Petit Traité de désinvolture* est un art du temps, un guide de l'insolite, une fugue, au sens le plus musical du terme. Denis Grozdanovitch aime les bribes, traquer « l'infiniment singulier », en ce qu'il est à la fois unique et hors norme. C'est même, selon ses propres termes, une « manie », celle de « collectionner d'infimes traces, de brèves impressions, de minuscules témoignages, de menus faits au bord de l'insipide ».

Les papidurologues (spécialistes des avions en papier) et les banalistes (ces gens se donnant rendez-vous à des arrêts de bus pour ne rien se dire), les séances à la cinémathèque de Chaillot, la salle des pas perdus de la gare Saint-Lazare, les heures à jouer aux échecs, les îles grecques, des « considérations vélomotorisées », des personnages croisés, des lieux, des anecdotes, des auteurs lus, aimés, commentés : tout entre, par enchantement, dans ces « chroniques dilettantes », d'une ironie mordante, d'une justesse rare. Denis Grozdanovitch nous offre tout ce qui constitue sa « cosmologie ludique », ces instants étonnants, « comme si nous avions été magiquement suspendus dans une bulle flottant au-dessus de la course du temps ».

Un éloge de la lenteur, comme voie du bonheur, à savourer comme une madeleine, sans perdre de temps.

« À ceux qui restent encore capables d'éprouver de fugitives et intenses minutes de plaisir parmi les difficultés croissantes d'un monde bouleversé et parfois tellement infernal qu'on pourrait le croire au bord du désastre, à tous ceux-là donc, je dédie fraternellement mon *Petit Traité de désinvolture* »

Pour en savoir plus :

Denis Grozdanovitch est également l'auteur en Points de *Brefs aperçus sur l'éternel féminin*, *Rêveurs et nageurs*, *De l'art de prendre la balle au bond* et dans la collection « Le Goût des mots », de *Le Petit Grozda, Les Merveilles oubliées du Littré*.

Des câlins...

Kathleen Keating,
*Le Petit Livre
des gros câlins*

Un traité ès câlins, voilà de quoi mettre du baume au cœur. De courts textes de Kathleen Keating et les dessins de bons gros nounours tendres de Mimi Noland illustrent cette philosophie pratique du câlin comme manifestation de joie, d'amour, d'affection ou de compassion. Le câlin est indispensable à notre bien-être, physique comme affectif. Et ce livre en déborde (de câlin comme de bien-être). Le câlin est écolo (économies de chauffage, aucune pollution environnementale), pratique (pas d'accessoires requis hormis deux bras), facile à pratiquer (aucun entraînement exigé). Il embellit la vie quotidienne, apaise les tensions, ensoleille les jours de pluie, sèche les larmes et les petits maux.

Le guide des câlins, tendre et acidulé, donne des conseils pour les préliminaires et invitations, répertorie les figures de style (câlins ourson, basket, « en A », sandwich, qui décoiffe, « coucoucéki »…) et permet à chacun, à partir des textes et images, d'inventer « son propre langage-câlin pour exprimer des choses essentiels ». Parce que « vivre, ce n'est pas rester tout seul dans son coin ».

« Faire un câlin :
Apaise les tensions
Supprime les insomnies
Exerce les muscles des bras et des épaules
Permet de s'étirer (quand on est petit)

Fait travailler les articulations du dos et des genoux
(quand on est grand)
Représente une saine alternative à l'alcool ou la
drogue
Constitue un acte hautement démocratique : chacun
peut prétendre à un câlin. »

Pourquoi s'en priver ?

Pour en savoir plus :

Américaine, **Kathleen Keating** exerce dans le domaine de
la psychologie. Elle organise des séminaires et anime des
groupes thérapeutiques sur la communication au sein des
familles et des entreprises.

... aux mots d'amour

**Jacques Perry-Salkow
& Frédéric Schmitter,**
Mots d'amour secrets

« Cent lettres à décoder pour amants polissons » : le programme est alléchant ! Le mot d'amour est un plaisir clandestin, lié à la confidence, au murmure polisson, à l'envoi codé. Sur le modèle de la célèbre correspondance de George Sand et Alfred de Musset, les auteurs se sont livrés à des exercices canailles : un texte peut en cacher un autre ! Cet insolent volume regroupe des figures inventives : rébus, ambigrammes, homophonies qui font rimer « ludique » et « érotique ». Ovide le déclarait dès l'Antiquité, l'amour est jeu, aussi bien sexuel que textuel. Avec leurs lettres codées – tout à tour cinglantes, comiques, clandestines, charmantes ou coquines –, ces *Mots d'amour secrets* nous offrent de quoi pimenter nos (d)ébats…

Correspondance codée de Sand et Musset

*Sand et Musset se rencontrèrent lors d'un dîner en 1833.
Ils eurent une liaison passionnée durant deux ans, à Paris,
Venise, faite de tromperies, de ruptures et de réconciliations.
Leur correspondance, parmi les plus belles de la littérature
française, illustre à merveille les jeux de stéganographie
(écriture cachée) :*

Lettre de George Sand

(On peut lire le texte ligne après ligne, mais en sauter une sur deux donne un autre sens à la missive…)

Je suis très émue de vous dire que j'ai
bien compris, l'autre jour, que vous aviez
toujours une envie folle de me faire
danser. Je garde le souvenir de votre
baiser et je voudrais que ce soit
là une preuve que je puisse être aimée
par vous. Je suis prête à vous montrer mon
affection toute désintéressée et sans cal-
cul, et si vous voulez me voir aussi
dévoiler sans artifice mon âme
toute nue, venez me faire une visite.
Nous causerons en amis, franchement.
Je vous prouverai que je suis la femme
sincère capable de vous offrir l'affection
la plus profonde et la plus étroite
en amitié, en un mot la meilleure preuve
que vous puissiez rêver, puisque votre
âme est libre. Pensez que la solitude où j'ha-
bite est bien longue, bien dure et souvent
difficile. Ainsi en y songeant j'ai l'âme
grosse. Accourez donc vite et venez me la
faire oublier par l'amour où je veux me sou-
mettre.

Réponse d'Alfred de Musset

(Lire la lettre en entier, puis seulement le premier mot de chaque ligne.)

Quand je mets à vos pieds un éternel hommage
Voulez-vous qu'un instant je change de visage ?
Vous avez capturé les sentiments d'un cœur

Jouissons

Que pour vous adorer forma le Créateur.
Je vous chéris, amour, et ma plume en délire
Couche sur le papier ce que je n'ose dire.
Avec soin de mes vers lisez les premiers mots
Vous saurez quel remède apporter à mes maux.

Réponse de George Sand

Cette insigne faveur que votre cœur réclame
Nuit à ma renommée et répugne à mon âme.

Pour en savoir plus :

Frédéric Schmitter est un touche-à-tout. L'œuvre de Georges Perec et l'Oulipo l'amènent à se passionner pour les contraintes dures en littérature et cultiver l'art de la jonglerie avec les lettres et les mots. Il publie ses textes dans diverses revues et sur Internet.

Jacques Perry-Salkow est pianiste et compositeur. Il a étudié à la Dick Grove School of Music (Los Angeles). Il est aussi poète, passionné de littérature à contraintes, et publie dans diverses revues. Il est l'auteur de deux recueils d'anagrammes parus aux éditions du Seuil, *Le Pékinois* et *Anagrammes pour sourire et rêver*.

Frédéric Schmitter et Jacques Perry-Salkow sont les auteurs de *Sorel Éros*, conte poétique et palindrome de dix mille lettres. C'est à ce jour le plus grand palindrome de la langue française.

Voyager : dernière escale

Annie François,
Bouquiner

« *U*n *jour, Jean me lança : "Tu lis comme on abat des arbres." Vu son amour des forêts, je restai perplexe. Il a raison.* »

Dis-moi comment tu lis, je te dirai qui tu es : tel est le propos de cette « autobiobibliographie » proclamée d'Annie François, prétexte à des digressions gourmandes et savoureuses sur le livre comme objet, amant d'une vie, passion constante… Le livre, ou plutôt le « bouquin », puisque « bouquiner », comme elle le rappelle, c'est « s'accoupler avec un lièvre ou un livre ».

Annie François lit au lit, dans le métro, en marchant, seule à une table de restaurant, partout, sans cesse. Pour son travail, elle corrige, retranche, annote. Pour son plaisir, elle accumule, prête (peu), emprunte (davantage), entasse, fait des piles, les renverse, pioche sans ordre ou lit l'intégrale de l'œuvre d'un auteur aimé ou découvert par hasard, « un butinage effréné, entrecoupé de périodes monomaniaques ».

Le bouquin donc est au centre de ce volume extraordinaire, ses rituels de lecture et de rangement, de prêt et de dons. Une histoire se construit au fil des 52 chapitres, dans un esprit ludique et primesautier tout à fait jouissif quand bien même on ne partagerait pas (toutes) les habitudes de l'auteur. *Bouquiner* se lit et se déploie aussi, fourmillant d'anecdotes, d'idées de lecture, de passions à partager.

Jouissons

Les bouquins sont pour l'auteur un véritable espace, à respecter (pas de cornes, pas de marque-pages, pas d'annotations, sauf dans les dictionnaires, «gribouillés, surlignés, soulignés, complétés, augmentés») mais aussi à remplir (cartes postales, fleurs séchées, articles, feuilles volantes). «Ils vivent doublement, de leur histoire et de la mienne.» Difficile alors de les prêter, il faudrait les «déshabiller», les «dépayser», prendre le risque que le livre soit égaré, qu'il perde la trace de la première rencontre, de la première lecture, son odeur intime…

Bouquiner est l'œuvre d'une boulimique et fétichiste, d'une femme qui narre avec élégance, allégresse et recul ses petits arrangements avec les livres : comment survivre dans un lieu qui menace de s'écrouler (au sens propre) sous le poids des bibliothèques, quels textes emporter en vacances, comment ruser avec les petits maux qui guettent les grands lecteurs (scoliose, cals, dermatoses), comment maquiller les codes-barres qui déparent les quatrièmes de couvertures et tant d'autres pépites encore…

Bouquiner est un livre magique, stimulant, un de ces bouquins avec lequel on fait corps (on s'accouple), dans lequel on se reconnaît trop bien, que l'on aime lire et relire, offrir, recommander. Comme un plaisir coupable à partager. Entre fétichistes du (bon) livre. Comme une contagion nécessaire.

Pour en savoir plus :

Née en 1944, **Annie François** était écrivain et éditrice, aux éditions du Seuil. Elle nous a quittés en 2009. Elle est également l'auteur aux éditions du Seuil de *Clopin-clopant, autobiotabacographie* et de *Scènes de ménage, au propre et au figuré*.

Index

Entrez dans le cercle !

Pour ses lecteurs assidus et curieux, les Éditions Points inventent

Le cercle Points

Des informations sur vos auteurs préférés, des jeux avec de nombreux cadeaux à gagner, des conseils de lecture, des extraits en avant-première, des rendez-vous avec les auteurs, des espaces privilégiés d'échange et de discussion...

Rejoignez-nous sur :

www.lecerclepoints.com

le cercle

DIRECTION ARTISTIQUE : Valérie Gautier - MAQUETTE : Virginie Perrollaz
IMPRESSION : NORMANDIE ROTO IMPRESSION S. A. S. À LONRAI
DÉPÔT LÉGAL : MARS 2010. N° 102270 (100533)
Imprimé en France